每天**3**分鐘
睡前學韓語

一天一點，只要堅持 21 天
輕鬆學會一種語言，從不敢說到開口聊不停

The Calling 著

全 MP3 一次下載

http://www.booknews.com.tw/mp3/9786269793983.htm

此為 ZIP 壓縮檔，請先安裝解壓縮程式或 APP，
iOS 系統請升級至 iOS13 後再行下載，
此為大型檔案，建議使用 WIFI 連線下載，
以免占用流量，並確認連線狀況，以利下載順暢。

□ 前言

今天起，簡單、快樂且輕鬆地學習吧！
從每日三分鐘韓語開始

說－必備單字與句型

讓你可以用簡單的單字與簡短的句型溝通。包括必要的韓語
單字與各種情況下能夠使用的句型。

看－幫助您了解韓語單字的圖片！

透過觀看圖片中的對話激勵您學習並應用在日常生活中。經
驗與圖片產生連結能夠幫助您學習。

視聽－三分鐘音檔！

所有的學習的關鍵是持之以恆。我們希望能夠透過每日三分
鐘的投資來幫助您韓語進步。

希望《每天3分鐘睡前學韓語》這本書能夠幫助您建立韓語基
礎！

作者The Calling

□ 關於本書

1

情境漫畫

從咖啡店的點餐、旅行到緊急狀況，你將學到必備單字與對話。學習將會變得簡單快樂。

2

羅馬拼音與翻譯

為了讓大家能夠直接閱讀韓語，基本的韓語發音會用羅馬拼音寫出。跟著本書的課程編排，您能夠在每一頁的內容中，同時練習閱讀與口說。

3

實用對話&文化小提點

學習語言是從了解文化不同開始。我們會透過其獨特的文化來呈現韓國語。

韓國餐廳的特點！

020.mp3

在韓國餐廳中，小費文化並不常見。一般來說，大部分的韓國人都認為價格已經包含服務費。舉小菜為例子，有提供小菜的餐廳通常都會提供多樣小菜且無限供應，例如烤肉店。韓國的餐廳基本上會有白飯、湯及小菜，但有些高級韓食（韓式套餐）的餐廳只有特定餐點才附有小菜。韓國人認為提供的餐點都應該充滿感情，所以料理的過程都需要小心翼翼。

< 外國人最喜歡的韓國料理 >

1. 烤肉 (불고기)

烤肉是韓國料理的代表性餐點。這是由醃製的豬肉或牛肉煮成，可用烤的也能用炒的。外國人也喜歡鹹甜的醬汁。

2. 排骨 (갈비)

排骨是把肋排切成能夠入口的大小。料理方式通常是烤或蒸。排骨醬汁通常是甜或辣的。一般比較常吃豬排骨；而牛排骨通常是特別的日子才會吃。

3. 拌飯 (비빔밥)

任何人到韓國之後，都會知道拌飯是很美味且便

002.mp3

01 #在咖啡廳 카페에서

커피

카페라테 주세요.
ka-pe-ra-te ju-se-yo.
請給我一杯拿鐵。

어떤 사이즈요?
eo-ddeon sa-i-jeu-yo?
要什麼大小呢？

작은 거요.
ja-geun geo-yo.
小杯。

중간 / 큰
jung-gan keun
中杯   大杯

다른 건요?
da-reun geon-nyo?
還有需要其他的嗎？

됐어요.
dwae-sseo-yo.
沒有了。

16

4

MP3音檔

書名頁可下載全書音檔，每個單元也都有提供單軌音檔。其內容皆由韓國母語人士錄音。經常聆聽有助於增進韓語能力。

□ 目錄

1

有名的餐廳
맛집

2

手機
휴대폰

3

購物
쇼핑

4

交通
교통

5

娛樂
문화 생활

6

旅行
여행

7

**日常生活與
緊急狀況**
일상 & 응급

8

基礎表現
기본 표현

001.mp3

1 안녕하세요.
an-nyeong-ha-se-yo.

您好。

2 잘 가요.
jal ga-yo.

再見。

3 감사합니다.
gam-sa-ham-ni-da.

謝謝。

4 실례합니다.
sil-rye-ham-ni-da.

抱歉。

5 죄송합니다.
joe-song-ham-ni-da.

對不起。

6

이건 뭐예요?

i-geon mwo-ye-yo?

這是什麼呢？

7

이거요.

i-geo-yo.

這個。

8

여기요.

yeo-gi-yo.

在這裡。

9

도와주세요!

do-wa-ju-se-yo!

請幫幫我！

10

한국어를 못합니다.

han-gu-geo-reul mo-tam-ni-da.

我的韓語不太好。

11

미국에서 왔습니다.

mi-gu-ge-seo wat-sseum-ni-da.

我來自美國。

□ 角色人物

H 헤더 海瑟

M 마이클 麥可

 C 收銀員 **계산원**
gye-sa-nwon

 店員 **점원**
jeo-mwon

 空服員 **승무원**
seung-mu-won

 海關 **세관원**
se-gwa-nwon

 W 服務生 **종업원**
jong-eo-bwon

 B 調酒師 **바텐더**
ba-ten-deo

P 行人　　　행인
　　　　　　　　haeng-in

　　乘客　　　승객
　　　　　　　　seung-gaek

　　警察　　　경찰관
　　　　　　　　geong-chal-gwan

　　藥劑師　　약사
　　　　　　　　yak-ssa

 S 職員　　　직원
　　　　　　　　ji-gwon

 D 司機　　　운전기사
　　　　　　　　un-jeon-gi-sa

 T 售票員　　매표원
　　　　　　　　mae-pyo-won

 G 保全　　　보안 검색 요원
　　　　　　　　bo-an geom-saek yo-won

 A 觀眾　　　관객
　　　　　　　　gwan-gaek

　　廣播　　　안내
　　　　　　　　an-nae

 I 入境移民官　입국 심사관
　　　　　　　　ip-gguk sim-sa-gwan

 N 護理師　　간호사
　　　　　　　　gan-ho-sa

1

有名的餐廳
맛집 mat-jjip

002.mp3

커피

카페라테 주세요.
ka-pe-ra-te ju-se-yo.
請給我一杯拿鐵。

어떤 사이즈요?
eo-ddeon sa-i-jeu-yo?
要什麼大小呢？

작은 거요.
ja-geun geo-yo.
小杯。

?

S

M

L

중간 / 큰
jung-gan keun
中杯　大杯

다른 건요?
da-reun geon-nyo?
還有需要其他的嗎？

됐어요.
dwae-sseo-yo.
沒有了。

여기서 드실 거예요?
yeo-gi-seo deu-sil ggeo-ye-yo?
請問是內用嗎?

아니요, 가져갈 거예요.
a-ni-yo, ga-jeo-gal ggeo-ye-yo.
不是，要外帶。

진동 벨이 울리면 오세요.
jin-dong be-ri ul-ri-myeon o-se-yo.
取餐呼叫器震動的時候請來取餐。

네.
ne.
好。

Tip. 誰點咖啡的時候會有折扣呢？
為了要減少使用一次性杯子來保護環境，有些咖啡店會提供自備環保杯的客人折扣。

[咖啡店菜單 카페 메뉴]

커피 keo-pi 咖啡

- **에스프레소** e-seu-peu-re-so 義式咖啡
- **캐러멜마키아토** kae-reo-mel-ma-ki-a-to 焦糖瑪奇朵
- **아메리카노** a-me-ri-ka-no 美式咖啡
- **카페라테** ka-pe-ra-te 咖啡拿鐵
- **카페모카** ka-pe-mo-ka 咖啡摩卡
- **카푸치노** ka-pu-chi-no 卡布奇諾
- **아이스커피** a-i-seu-keo-pi 每日精選冰咖啡

- **핫초코** hat-cho-ko 熱巧克力

차 cha 茶

- **홍차** hong-cha 紅茶
- **녹차** nok-cha 綠茶
- **인삼차** in-sam-cha 人蔘茶
- **대추차** dae-chu-cha 紅棗茶

+ 延伸表現 +

→ 當服務生點餐的時候…

要熱的還是冰的？

뜨거운 거요, 차가운 거요?
ddeu-geo-un geo-yo, cha-ga-un geo-yo?

→ 如果菜單上沒有冰咖啡的話…

請給我冰塊。

얼음 좀 주세요.
eo-reum jom ju-se-yo.

咖啡請加冰塊。

커피에 얼음 넣어 주세요.
keo-pi-e eo-reum neo-eo ju-se-yo.

→ 當您有額外要求時…

加一份濃縮咖啡。

샷 추가요.
syat chu-ga-yo.

_리필 ri-pil 回沖
_빨대 bbal-ddae 吸管
_홀더 hol-deo 杯套
_저지방 우유 jeo-ji-bang u-yu 低脂牛奶
_설탕 seol-tang 砂糖

請不要加生奶油。

휘핑크림 빼 주세요.
hwi-ping-keu-rim bbae ju-se-yo.

> **Tip. 當你使用「～요」句型時…**
> 書寫句子時如果想使用語尾「～요」，請注意以下規則。若最後一個字以子音結尾，用「～이요」；若最後一個字以母音結尾，用「～요」。
>
> e.g. 請回沖。 리필이요.
> 　　 請給我吸管。 빨대요.

005.mp3

하루 브런치

한 명이요.
han myeong-i-yo.
一位。

이쪽으로 오세요.
i-jjo-geu-ro o-se-yo.
這邊請。

두 du / 二
세 se / 三
네 ne 四

주문하시겠어요?
ju-mun-ha-si-ge-sseo-yo?
要點餐了嗎？

아직이요.
a-ji-gi-yo.
還沒。

메뉴

Tip. 韓國流行早午餐店。
近幾年，韓國主要城市湧現一股早午
餐熱潮，例如新沙洞與三清洞。

음식 나왔습니다.
eum-sik na-wat-sseum-ni-da.
您點的餐點到了。

감사합니다.
gam-sa-ham-ni-da.
謝謝。

다 괜찮으세요?
da gwaen-cha-neu-se-yo?
餐點都還可以嗎?

네.
ne.
可以。

Tip. 如何用韓語說「早午餐」呢?
早午餐是早餐與午餐的合併用語。如
同韓國人會說「아점」。這是「아침」
與「전심」結合的新詞彙。

다 드셨어요?
da deu-syeo-sseo-yo?
用餐完畢了嗎？

네.
ne.
對。

더 필요하신 건요?
deo pi-ryo-ha-sin geon-nyo?
有需要加點嗎？

없어요.
계산서 주세요.
eop-sseo-yo.
gye-san-seo ju-se-yo.
沒有，請給我帳單。

합계 :

23

종일 **브런치**
jong-il beu-reon-chi

全日早午餐

모든 브런치 메뉴에는 아메리카노가 포함됩니다.
mo-deun beu-reon-chi me-nyu-e-neun a-me-ri-ka-no-ga po-ham-doem-ni-da.

所有的早午餐都包含一杯美式咖啡。

⋆ 음료 변경 시 2천 원 추가 ⋆
* eum-nyo byeon-gyeong si i-cheon won chu-ga *

＊ 更換飲品時需加2千韓元

- **프렌치 토스트** 法國吐司   7,900韓元
  peu-ren-chi to-seu-teu   chil-cheon-gu-bae-gwon

  두꺼운 식빵에 생크림과 메이플 시럽을 곁들임, 베이컨과 샐러드를 함께 제공
  du-ggeo-un sik-bbang-e saeng-keu-rim-gwa me-i-peul si reo beul gyeot-ddeu-rim, be-i-keon-gwa sael-reo-deu-reul ham-gge je-gong

  厚片土司抹上生奶油並淋上楓糖糖漿。餐點包含培根及生菜沙拉。

- **팬케이크** 鬆餅   19,900韓元
  paen-ke-i-keu   man-gu-cheon-gu-bae-gwon

  시럽과 딸기로 토핑한 부드러운 버터밀크 팬케이크에 웨지감자를 함께 제공
  si-reop-ggwa ddal-gi-ro to-ping-han bu-deu-reo-un beo-teo-mil-keu paen-ke-i-keu-e we-ji-gam-ja-reul ham-gge je-gong

  鬆軟的奶油鬆餅淋上糖漿與草莓，並附上炸馬鈴薯塊。

- **그릴 파니니** 烤帕尼尼   19,900元
  geu-ril pa-ni-ni   man-gu-cheon-gu-bae-gwon

  베이컨, 치즈, 양파, 토마토를 넣은 통밀 샌드위치
  be-i-keon, chi-jeu, yang-pa, to-ma-to-reul neo-eun tong-mil-saen-deu-wi-chi

  全麥三明治，內餡包含培根、起司、洋蔥與番茄。

- **왕 오믈렛** 大份歐姆蛋   23,500元
  wang o-meul-ret   i-man-sam-cheo-no-bae-gwon

  달걀 세 개, 버섯, 모차렐라 치즈, 양파, 소시지와 토스트를 함께 제공
  dal-gyal se gae, beo-seot, mo-cha-rel-ra chi-jeu, yang-pa, so-si-ji-wa to-seu-teu-reul ham-gge je-gong

  包含三顆蛋、香菇、莫札瑞拉起司、洋蔥、香腸與吐司。

+ 延伸表現 +

➜ 當你無法選擇餐點時⋯

有推薦的餐點嗎?

추천 메뉴가 뭐예요?
chu-cheon me-nu-ga mwo-ye-yo?

他們吃的是什麼?（指隔壁桌）

저 사람들이 먹는 게 뭐예요? (테이블을 가리키며)
jeo sa-ram-deu-ri meong-neun ge mwo-ye-yo?

➜ 附餐

您的蛋要怎麼烹調?

달걀은 어떻게 해 드려요?
dal-gya-reun eo-ddeo-ke hae deu-ryeo-yo?

全熟。

완숙이요.
wan-su-gi-yo.

_반숙 ban-suk 半熟
_스크램블 seu-keu-raem-beul 炒蛋

您的馬鈴薯想要怎麼烹調?

감자는 어떻게 해 드려요?
gam-ja-neun eo-ddeo-ke hae deu-ryeo-yo?

炸薯條。

감자튀김이요.
gam-ja-twi-gi-mi-yo.

_으깬 감자 eu-ggaen gam-ja 馬鈴薯泥
_해시 브라운 hae-si beu-ra-un 馬鈴薯薯餅

> 메뉴가 정말 많은데!
> me-nyu-ga jeong-mal ma-neun-de!
> 好多餐點唷！

> 치즈김밥 하나,
> 떡라면 하나요.
> chi-jeu-gim-bbap ha-na,
> ddeong-na-myeon ha-na-yo.
> 一個起司飯捲。一個年糕拉麵。

> 선불입니다.
> 8천 원입니다.
> seon-bu-rim-ni-da.
> pal-cheon wo-nim-ni-da.
> 請先結帳。
> 總共8千韓元。

거스름돈 2천 원이요.
geo-seu-reum-ddon
i-cheon wo-ni-yo.
找您2千韓元。

감사합니다.
gam-sa-ham-ni-da.
謝謝。

맛있게 드세요.
ma-sit-gge deu-se-yo.
請慢用。

009.mp3

여기, 삼겹살 2인분 주세요.
yeo-gi, sam-gyeop-ssal i-in-bun ju-se-yo.
您好，請給我兩人份的五花肉。

반찬 더 주세요.
ban-chan deo ju-se-yo.
請再給我一點小菜。

상추도요!
sang-chu-do-yo!
還有生菜！

Tip. 韓國人喜歡烤肉店！

韓國人普遍喜歡在烤肉店聚餐。他們最喜歡的餐點是五花肉與豬肋排。還有另一個較貴的選擇是牛肉，例如肋眼排。烤肉店都會提供多樣且能夠重複續的小菜，並提供綠色生菜讓客人包烤好的肉。

양념갈비 2인분 주세요.
yang-nyeom-gal-bi i-in-bun ju-se-yo.
請給我兩人份的醬汁排骨。

네.
ne.
好的。

불판 바꿔 드릴게요.
bul-pan ba-ggwo deu-ril-gge-yo.
幫您更換新的烤盤。

냉면 먹을래요?
naeng-myeon meo-geul-rae-yo?
要吃冷麵嗎?

배 안 불러요?
bae an bul-reo-yo?
你沒吃飽嗎?

고기 다음엔 냉면이래요.
go-gi da-eu-men
naeng-myeo-ni-rae-yo.
都說吃完烤肉要吃冷麵。

한번 먹어 볼까?
han-beon meo-geo bol-gga?
我們試看看吧。

Tip. 冷麵
冷麵是有嚼勁的韓國冷麵條餐點。夏天的時候很盛行,特別是吃完烤肉之後都會吃冷麵。

010.mp3

+ 延伸表現 +

➜ 當你在烤肉店點其他餐點的時候⋯

請給我兩碗白飯。

공깃밥 두 개 주세요.
gong-git-bbap du gae ju-se-yo.

這餐點有包含白飯。

공깃밥은 이 메뉴에 포함입니다.
gong-git-bba-beun i me-nyu-e po-ha-mim-ni-da.

請給我一瓶燒酒。

소주 한 병 주세요.
so-ju han byeong ju-se-yo.

需要給您幾個杯子呢?

잔은 몇 개 드릴까요?
ja-neun myeot ggae deu-ril-gga-yo?

請給我兩個。

두 개 주세요.
du gae ju-se-yo.

011.mp3

뭐로 하시겠어요?
mwo-ro ha-si-ge-sseo-yo?
請問您需要什麼呢？

치즈버거 주세요.
chi-jeu-beo-geo ju-se-yo.
請給我起司漢堡。

세트로 드려요?
se-teu-ro deu-ryeo-yo?
要套餐嗎？

아니요.
a-ni-yo.
不用。

Tip. 雪碧是七星汽水嗎？
在韓國，雪碧或七星汽水稱為「사이다」。
這類汽水明顯是無酒精飲料。

마실 건요?
ma-sil ggeon-nyo?
要喝什麼呢？

콜라 주세요.
kol-ra ju-se-yo.
請給我可樂。

사이다 / 오렌지 주스 / 물
sa-i-da / o-ren-ji ju-seu / mul
汽水 　柳橙汁 　水

사이드 메뉴는요?
sa-i-deu me-nyu-neun-nyo?
附餐呢？

애플파이 주세요.
ae-peul-pa-i ju-se-yo.
請給我蘋果派。

5분 걸려요.
o-bun geol-ryeo-yo.
請稍待五分鐘。

00:05

네.
ne.
好的。

가져가실 건가요?
ga-jeo-ga-sil ggeon-ga-yo?
要外帶嗎？

여기서 먹을 거예요.
yeo-gi-seo meo-geul
ggeo-ye-yo.
內用。

총 5천 6백 원입니다.
chong o-cheon yuk-bbaek wo-
nim-ni-da.
總共是5千6百韓元。

신용카드로 할게요.
si-nyong-ka-deu-ro hal-gge-yo.
用信用卡付款。

5,600원

체크카드로
che-keu-ka-deu-ro
使用簽帳金融卡 /
현금으로
hyeon-geu-meu-ro
使用現金

음료는 직접 하세요.
eum-nyo-neun jik-jjeop ha-se-yo.
請自行取用飲料。

+ 延伸表現 +

012.mp3

➜ 當你點套餐的時候⋯

請給我一號餐。

1번 세트 주세요.
il-beon se-teu ju-se-yo.

Tip. 如果您點餐有困難的話，請從菜單圖片上直接點選。

請給我大麥克套餐。

빅맥 세트 주세요.
bing-maek se-teu ju-se-yo.

請給我大薯。

감자튀김 큰 거 주세요.
gam-ja-twi-gim keun geo ju-se-yo.

➜ 特殊要求

漢堡請幫我切半。

버거를 반으로 잘라 주세요.
beo-geo-reul ba-neu-ro jal-ra ju-se-yo.

請不要加洋蔥。

양파 빼 주세요.
yang-pa bbae ju-se-yo.

뭐 먹을래요?
mwo meo-geul-rae-yo?
你想吃什麼呢？

스테이크와 레드 와인이요.
seu-te-i-keu-wa re-deu wa-i-ni-yo.
牛排跟紅酒。

저기요!
jeo-gi-yo!
這邊。

주문하시겠어요?
ju-mun-ha-si-ge-sseo-yo?
您要點餐了嗎？

시저 샐러드 하나랑
스테이크 두 개요.
si-jeo sael-reo-deu ha-na-rang
seu-te-i-keu du gae-yo.
一份凱薩沙拉與兩份牛排。

어떤 드레싱 드려요?
eo-ddeon deu-re-sing deu-ryeo-yo?
要什麼樣的醬呢？

뭐 있어요?
mwo i-sseo-yo?
您有什麼醬呢？

허니 머스터드, 이탈리안,
참깨 소스요.
heo-ni meo-seu-teo-deu,
i-tal-ri-an, cham-ggae so-seu-yo.
有蜂蜜芥末、義大利醬、芝麻醬。

이탈리안으로 할게요.
i-tal-ri-a-neu-ro hal-gge-yo.
請給我義大利醬。

스테이크는 어떻게 해 드릴까요?
seu-te-i-keu-neun eo-ddeo-ke hae deu-ril-gga-yo?
牛排要幾分熟呢？

미디엄 레어요.
mi-di-eom re-eo-yo.
五分熟。

저도요.
jeo-do-yo.
我也是。

레어 re-eo 半熟 /
미디엄 mi-di-eom 五分熟 /
미디엄 웰던
mi-di-eom wel-deon
七分熟 /
웰던 wel-deon 全熟

더 필요하신 건요?
deo pi-ryo-ha-sin geon-nyo?
還需要什麼嗎？

하우스 와인 두 잔이요.
ha-u-seu wa-in du ja-ni-yo.
招牌洋酒兩杯。

레드? 화이트?
re-deu? hwa-i-teu?
紅酒？白酒？

레드요.
re-deu-yo.
紅酒。

와인 더 하시겠어요?
wa-in deo ha-si-ge-sseo-yo?
還要再一杯紅酒嗎？

됐어요.
dwae-sseo-yo.
不用。

디저트는요?
di-jeo-teu-neun-nyo?
那甜點呢？

괜찮아요.
gwaen-cha-na-yo.
沒關係。

+ 延伸表現 +

014.mp3

➔ 當你需要麻煩服務生時…

請給我鹽。

소금 좀 주세요.
so-geum jom ju-se-yo.

_후추 hu-chu 胡椒
_음료 메뉴 eum-nyo me-nyu 飲料菜單
_포크 po-keu 叉子
_젓가락 jeot-gga-rak 筷子
_앞접시 ap-jjeop-si 小盤子
_계산서 gye-san-seo 帳單

➔ 當你想要知道餐點的狀況時…

正在出餐嗎？

음식이 나오고 있나요?
eum-si-gi na-o-go in-na-yo?

剩下的菜可以幫我打包嗎？

남은 음식 포장해 주실래요?
na-meun eum-sik po-jang-hae ju-sil-rae-yo?

➔ 在用餐之前…

請享用！

맛있게 드세요!
ma-sit-gge deu-se-yo!

→ 當你需要分開結帳時⋯

可以分開結帳嗎？

따로 계산할 수 있어요?

dda-ro gye-san-hal ssu i-sseo-yo?

→ 當你想要知道成分時⋯

_육류 yung-nyu 肉類
_소고기 so-go-gi 牛肉
_돼지고기 dwae-ji-go-gi 豬肉
_닭고기 dak-ggo-gi 雞肉
_양고기 yang-go-gi 羊肉
_오리고기 o-ri-go-gi 鴨肉

_등심 deung-sim 里肌
_안심 an-sim 菲力
_갈빗살 gal-bit-ssal 肋排

_해산물 hae-san-mul 海鮮
_오징어 o-jing-eo 烏賊
_게 ge 螃蟹
_새우 sae-u 蝦子
_조개 jo-gae 蛤蠣
_굴 gul 牡蠣
_참치 cham-chi 鮪魚
_연어 yeo-neo 鮭魚

015.mp3

맥주 있어요?
maek-jju i-sseo-yo?
有啤酒嗎？

네.
ne.
有。

생맥주요, 병맥주요?
saeng-maek-jju-yo,
byeong-maek-jju-yo?
要生啤酒還是瓶裝啤酒呢？

생맥주 주세요.
saeng-maek-jju ju-se-yo.
請給我生啤酒。

칵테일 뭐 있어요?
kak-te-il mwo i-sseo-yo?
有什麼樣的雞尾酒呢？

여기 리스트 있어요.
yeo-gi ri-seu-teu i-sseo-yo.
這裡有清單。

모히토 주세요.
mo-hi-to ju-se-yo.
請給我莫希托。

네.
ne.
好的。

건배!
geon-bae!
乾杯！

내가 낼게요.
nae-ga nael-gge-yo.
我請客。

아니에요.
a-ni-e-yo.
不用了。

내가 쏠게요.
nae-ga ssol-gge-yo.
我來請客。

고마워요!
go-ma-wo-yo!
謝謝！

Tip. 乾杯！vs 一口乾！

「건배」是指「整杯喝光」，但最近在韓國，大部分的人都認為
「乾杯」不用全部喝完。當有人舉杯慶祝時說「원샷」，表示要一
口氣喝完整杯酒。如果是酒量不好的人，可以事先表達歉意。

44

[雞尾酒菜單 칵테일 메뉴]

- **모히토** mo-hi-to 莫希托
  = 화이트 럼 hwa-i-teu reom **+ 라임 주스** ra-im ju-seu **+**
  민트 잎 min-teu ip **+ 감미료** gam-mi-ryo **+ 소다수** so-da-su
  ＝白蘭姆酒＋萊姆汁＋薄荷葉＋甜味劑＋蘇打水

- **마가리타** ma-ga-ri-ta 瑪格麗特
  = 테킬라 te-kil-ra **+ 트리플 섹** teu-ri-peul sek **+ 라임 주스** ra-im ju-seu
  ＝龍舌蘭酒＋橙皮酒＋萊姆汁

  Tip. 玻璃杯杯緣有沾鹽

- **화이트 러시안** hwa-i-teu reo-si-an 白俄羅斯
  = 보드카 bo-deu-ka **+ 칼루아** kal-ru-a **+**
  크림 keu-rim **또는** ddo-neun **우유** u-yu
  ＝伏特加＋卡魯哇咖啡利口酒＋奶油或牛奶

- **잭콕** jaek-kok 威士忌可樂
  = 잭 다니엘스 jaek da-ni-el-seu **+ 콜라** kol-ra
  ＝Jack Daniel's＋可樂

  Tip. Jack Daniel's是美國品牌的威士忌。

017.mp3

< 電話訂餐 >

하루반점입니다.
ha-ru-ban-jeo-mim-ni-da.
Haru中華料理店您好。

**짜장면 하나, 짬뽕 하나,
탕수육 작은 거 하나요.**
jja-jang-myeon ha-na, jjam-bbong ha-na,
tang-su-yuk ja-geun geo ha-na-yo.
我要一個炸醬麵、炒碼麵、
小的糖醋肉。

Tip. 炸醬麵 & 炒碼麵 & 糖醋肉
炸醬麵是指白麵條配上黑豆醬。炒碼麵
是辣紅的海鮮湯底配上有嚼勁的麵條。
糖醋肉是豬肉配上酸甜醬汁。

**2만 5천 원입니다.
어떻게 결제하실 거예요?**
i-man o-cheon wo-nim-ni-da.
eo-ddeo-ke gyeol-jje-ha-sil ggeo-ye-yo?
總共兩萬五千韓元。要怎麼結帳呢？

현금이요.
hyeon-geu-mi-yo.
現金結帳。

주소는요?
ju-so-neun-nyo?
地址是什麼呢？

화평로 15, 204호예요.
hwa-pyeong-no si-bo,
i-baek-ssa-ho-ye-yo.
和平路15，204號。

< App點餐 >

018.mp3

- **음식 배달 앱 설치 실행** eum-sik bae-dal aep seol-chi sil-haeng
  安裝餐點外送App

- **위치 설정** wi-chi seol-jjeong 設定位置
  (예 ye. **마포구 합정동** ma-po-gu hap-jjeong-dong**)**
  （例如麻浦區合井洞）

↓

- **음식 카테고리** eum-sik ka-te-go-ri /
  음식 선택 eum-sik seon-taek /
  음식점 선택 eum-sik-jjeom seon-taek
  餐點類別 / 選擇餐點 /
  選擇餐廳

↓

- **메뉴 선택** me-nyu seon-taek /
  추가 주문 chu-ga ju-mun
  (음료수 등 eum-nyo-su deung**)**
  選擇菜單 / 加點（飲料等）

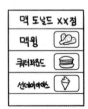

↓

- 가격 ga-gyeok / 수량 su-ryang 價格 / 數量
  - 주문하기 ju-mun-ha-gi 訂餐

↓

- 주소 ju-so / 휴대폰 번호 hyu-dae-pon beon-ho
  地址 / 手機號碼
  - 요청 사항 메모 yo-cheong sa-hang me-mo
  要求事項備註

↓

- 결제 방법 선택 gyeol-jje bang-beop seon-taek
  選擇付款方式

  - 현장 결제 hyeon-jang gyeol-jje 現場結帳
  신용카드 si-nyong-ka-deu / 현금 hyeon-geum
  信用卡 / 現金

  - 앱 결제 aep gyeol-jje 透過App付款
  신용카드 si-nyong-ka-deu / 현금 hyeon-geum / 계좌 이체 gye-jwa i-che
  信用卡 / 現金 / 轉帳

↓

- 주문 완료 ju-mun wal-ryo 訂購完成

< 線上服務 >

- **예약** ye-yak

  預約

지금 예약

↓

- **날짜** nal-jja / **시간** si-gan / **인원수** i-nwon-ssu

  日期 / 時間 / 人數

📅 2022-12-24	🕐 18:00	👤 4

↓

- **이름** i-reum **/ 전화번호** jeon-hwa-beon-ho **/ 이메일** i-me-il

  名字 / 電話號碼 / 電子郵件

  - 선택 사항 seon-taek sa-hang 選項

Tip.「이름」在韓國是指姓與名。

Michael	Pullman
+82-10-1111-1111	abcd@gmail.com

- **예약 완료** ye-yak wal-ryo

  預約完成

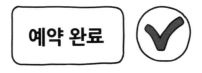

- **예약 확인** ye-yak hwa-gin

  確認預約

< 沒有預約 >

대기자 명단에
올려 주세요.
dae-gi-ja myeong-da-ne ol-
ryeo ju-se-yo.
請幫我加入預約名單。

야외요 실내요?
ya-oe-yo sil-rae-yo?
戶外還是室內呢？

야외요.
ya-oe-yo.
戶外。

얼마나 기다려야 해요?
eol-ma-na gi-da-ryeo-ya hae-yo?
需要等多久呢？

15분 정도요.
si-bo-bun jeong-do-yo.
15分鐘左右。

00:15

韓國餐廳的特點！

020.mp3

在韓國餐廳中，小費文化並不常見。一般來說，大部分的韓國人都認為價格已經包含服務費。舉小菜為例子，有提供小菜的餐廳通常都會提供多樣小菜且無限供應，例如烤肉店。韓國的餐點基本上會有白飯、湯及小菜，但有些高級韓定食（韓式套餐）的餐廳只有特定餐點才有附小菜。韓國人認為提供的餐點都應該充滿感情，所以料理的過程都需要小心翼翼。

< 外國人最喜歡的韓國料理 >

1. 烤肉 (불고기)

烤肉是韓國料理的代表性餐點。這是由醃製的豬肉或牛肉煮成，可用烤的也能用炒的。外國人也喜歡鹹甜的醬汁。

2. 排骨 (갈비)

排骨是把肋排切成能夠入口的大小。料理方式通常是烤或蒸。排骨醬汁通常是甜或辣的。一般比較常吃豬排骨；而牛排骨通常是特別的日子才會吃。

3. 拌飯 (비빔밥)

任何人到韓國之後，都會知道拌飯是很美味且低卡路里的料理。

4. 人蔘雞湯 (삼계탕)

人蔘雞湯是添加人蔘的韓式雞湯；在韓國，是夏季經常用來補充體力的食物。這道料理非常有營養，食材有幼雞、人蔘、紅棗、大蒜與糯米。

5. 雪濃湯 (설렁탕)

雪濃湯是由牛骨與牛肉熬煮數小時而成。最後呈現富含蛋白質的白色湯底，並用鹽、胡椒、大蒜及蔥調味。這也是可以稱為比較貴的排骨湯。

6. 醬蟹 (간장게장) 與辣醬蟹 (양념게장)

醬蟹是螃蟹用醬油醃製。韓國人都很喜歡這道料理。辣醬蟹是螃蟹用辣醬醃製。這兩道料理都是用新鮮螃蟹製成。對螃蟹過敏的人要小心了！

7. 豆腐鍋 (순두부찌개) 與泡菜鍋 (김치찌개)

湯鍋是鍋類的一種，通常會提供白飯。豆腐鍋是韓國的家常菜，加入嫩豆腐、蔬菜與辣椒醬。有的還會加肉（豬肉或牛肉）、海鮮（貝類或蛤蜊）或生雞蛋。泡菜鍋是韓國的傳統菜餚，加入泡菜、豬肉、鮪魚、豆腐及其他蔬菜。

8 紫菜飯捲 (김밥)

紫菜飯捲是有名且攜帶方便的韓國小吃，內餡多樣且種類繁多。

9. 辣炒年糕 (떡볶이)

辣炒年糕是很常見的小吃，食材包括富含嚼勁的年糕及魚板。傳統的辣炒年糕以辣聞名，但最近有其他口味的辣炒年糕，像是醬油口味跟白醬口味。

還有其他常見的食物包含豬肚與炸醬麵。剩下未提及的已收錄在本書內文中。

2

手機

휴대폰 hyu-dae-pon

在韓國旅行的時候請下載這些App！

021.mp3

유심 있어요?
yu-sim i-sseo-yo?
有SIM卡嗎？

네. 어떤 요금제요?
ne. eo-ddeon yo-geum-je-yo?
有，需要哪一種方案的呢？

데이터 무제한 있어요?
de-i-teo mu-je-han
i-sseo-yo?
有吃到飽的嗎？

이거 어떠세요? 데이터, 통화, 문자 무제한이에요.
i-geo eo-ddeo-se-yo? de-i-teo,
tong-hwa, mun-jja mu-je-ha-ni-e-yo.
這個怎麼樣？這是網路、電話、簡訊吃到飽。

얼마예요?
eol-ma-ye-yo?
多少錢呢?

7만 7천 원이요.
chil-man chil-cheon wo-ni-yo.
7萬7千韓元。

77,000원

이걸로 할게요.
i-geol-ro hal-gge-yo.
那我要這個。

네. 신분증 주세요.
ne. sin-bun-jjeung ju-se-yo.
好的，請給我身分證。

PASSPORT

United States
of America

Tip. 當你想要使用手機時…

短期旅客通常會在抵達機場的時候買一張預付卡，或到電信門市購買；對滯留時間較長的旅客來說，至電信門市申辦時，須攜帶外國人登錄證還有韓國銀行存摺。

무료 와이파이 있어요?
mu-ryo wa-i-pa-i i-sseo-yo?
有免費的Wi-Fi嗎？

네.
ne.
有。

어느 거예요?
eo-neu geo-ye-yo?
是哪一個呢？

CAFE-FREE입니다.
ka-pe-peu-ri-im-ni-da.
是CAFE-FREE。

비밀번호는요?
bi-mil-beon-ho-neun-nyo?
密碼是多少？

영수증에 있어요.
yeong-su-jeung-e i-sseo-yo.
寫在收據上面。

와이파이 비밀번호
2424

된다!
doen-da!
好了。

사진 업로드 해 볼까?
sa-jin eom-no-deu hae bol-gga?
來上傳照片吧。

오, 빠른데.
o, bba-reun-de.
哇，速度真快。

어? 갑자기 연결이 끊겼어.
eo? gap-jja-gi yeon-gyeo-ri
ggeun-kyeo-sseo.
哇，突然斷線了。

＋ 延伸表現 ＋

023.mp3

➜ 當你詢問手機資費方案時…

這是哪種資費方案？

이건 어떤 요금제인가요?

i-geon eo-ddeon yo-geum-je-in-ga-yo?

➜ 當你要更換SIM卡時…

請問要怎麼換SIM卡？

유심 어떻게 교체해요?

yu-sim eo-ddeo-ke gyo-che-hae-yo?

請問有退卡針嗎？

유심 교체 핀 있어요?

yu-sim gyo-che pin i-sseo-yo?

➜ 當你在尋找Wi-Fi時…

請問這裡有Wi-Fi嗎？

와이파이 되나요?

wa-i-pa-i doe-na-yo?

這個Wi-Fi好慢。

이 와이파이 완전 느려요.

i wa-i-pa-i wan-jeon neu-ryeo-yo.

這Wi-Fi比較快。

이 와이파이가 더 잘 돼요.

i wa-i-pa-i-ga deo jal dwae-yo.

024.mp3

Tip. 韓國最有名的SNS

大部分的韓國人都會使用SNS。當然，比較有名的有Facebook、
YouTube與Instagram，但許多韓國人還是比較喜歡使用本土的App
像是KakaoTalk、Kakao Story或是BAND。

친구 추가해 줘요.
chin-gu chu-ga-hae jwo-yo.
請加我好友。

페이스북 이름이 뭐예요?
pe-i-seu-buk i-reu-mi mwo-ye-yo?
你的Facebook名稱是什麼？

헤더 브라운이에요.
he-deo beu-ra-u-ni-e-yo.
海瑟布朗。

 검색

친구 찾기 해 볼게요.
chin-gu chat-ggi hae bol-gge-yo.
我搜尋一下。

← 🔍 Heather Brown ✕

Heather Brown
New York, USA

이게 당신이에요?
i-ge dang-si-ni-e-yo?
這是你嗎？

네, 저예요.
ne, jeo-ye-yo.
對，是我。

친구 요청 보냈어요.
chin-gu yo-cheong bo-nae-sseo-yo.
我加你好友了。

알았어요.
a-ra-sseo-yo.
知道了。

추가할게요.
chu-ga-hal-gge-yo.
我加好友了。

좋아요! 연락하고 지내요.
jo-a-yo! yeol-ra-ka-go ji-nae-yo.
好！我們保持聯繫吧。

025.mp3

저기요. 사진 좀 찍어 주실래요?
jeo-gi-yo. sa-jin jom jji-geo ju-sil-rae-yo?
您好，請問可以幫我拍照嗎？

물론이죠.
mul-ro-ni-jyo.
當然可以。

배경 나오게요.
bae-gyeong na-o-ge-yo.
要照到背景。

전신 jeon-sin 全身 /
상반신 sang-bang-sin 上半身

네.
ne.
好的。

사진이 흐려요.
sa-ji-ni heu-ryeo-yo.
照片有點模糊。

한 장 더 부탁해요.
han jang deo bu-ta-kae-yo.
麻煩再幫我照一張。

네.
ne.
好。

정말 감사합니다.
jeong-mal gam-sa-ham-ni-da.
真的非常感謝。

+ 延伸表現 +

➜ 在拍照之前…

我能在這裡照相嗎？

여기서 (사진) 찍어도 되나요?
yeo-gi-seo (sa-jin) jji-geo-do doe-na-yo?

我能拍這個嗎？

이거 (사진) 찍어도 되나요?
i-geo (sa-jin) jji-geo-do doe-na-yo?

➜ 警告標誌

禁止拍照

(사진) 촬영 금지
(sa-jin) chwa-ryeong geum-ji

禁止開閃光燈

플래시 금지
peul-rae-si geum-ji

Tip. 大部分的博物館或美術館都可以照相，但禁止開閃光燈。拍照前，請
確認一下您相機的設定。

➜ 如果你移動一下，就能拍出最好的角度！

請向左／右移動一小步。

조금만 <u>왼쪽 / 오른쪽</u>으로 가세요.
jo-geum-man oen-jjo / o-reun-jjo-geu-ro ga-se-yo.

請往後／前移動一個步伐。

한 발 <u>뒤로 / 앞으로</u> 가세요.
han bal dwi-ro / a-peu-ro ga-se-yo.

➜ 向你想一起拍照的人說…

我們一起照張相吧。

사진 같이 찍어요.
sa-jin ga-chi jji-geo-yo.

➜ 當你拍到最好看的照片時…

這是我的人生照。

이건 내 인생샷이야.
i-geon nae in-saeng-sya-si-ya.

14 #打電話 전화 통화하기

여보세요. 누구세요?
yeo-bo-se-yo. nu-gu-se-yo?
喂？請問哪誰？

헤더예요.
he-deo-ye-yo.
我是海瑟。

오! 이거 당신 번호예요?
o! i-geo dang-sin beon-ho-ye-yo?
喔！這是你的電話號碼嗎？

네, 번호 바꿨어요.
ne, beon-ho ba-ggwo-sseo-yo.
對，我換電話號碼了。

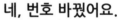

+ 延伸表現 +

➜ 當你想要找負責人的時候…

海瑟在嗎？

헤더 있어요?
he-deo i-sseo-yo?

是我。

저예요.
jeo-ye-yo.

通話中。

통화 중이에요.
tong-hwa jung-i-e-yo.

➜ 當你結束通話或想要回撥時…

我再回撥給您。

나중에 전화할게요.
na-jung-e jeon-hwa-hal-gge-yo.

➜ 手機的模式

我手機是靜音／震動。

내 전화는 <u>무음 / 진동</u> (모드)입니다.
nae jeon-hwa-neun mu-eum / jin-dong (mo-deu-)im-ni-da.

내 배터리가 다 됐어요.
nae bae-teo-ri-ga da dwae-sseo-yo.
我的電要用完了。

5%

충전기 있어요?
chung-jeon-gi i-sseo-yo?
你有充電器嗎？

네.
ne.
有的。

보조 배터리
bo-jo bae-teo-ri
行動電源

콘센트 어디 있어요?
kon-sen-teu eo-di i-sseo-yo?
哪裡有插座呢？

저기요.
jeo-gi-yo.
那裡。

부재중 세 통이네.
지금 가야 해요.
bu-jae-jung se tong-i-ne.
ji-geum ga-ya hae-yo.
有三通未接來電呢，我得走
了。

9:15
5월 24일(금)
부재중 전화(3)

문자해요.
mun-jja-hae-yo.
傳訊息給我吧。

이거 어떻게 돌려주죠?
i-geo eo-ddeo-ke dol-ryeo-ju-jyo?
這個要怎麼還你？

030.mp3

말씀 좀 물을게요.
수산 시장이 어디예요?
mal-sseum jom mu-reul-gge-yo.
su-san si-jang-i eo-di-ye-yo?
請問一下，水產市場在哪裡呢？

저도 여기 치음이에요.
잠시만요.
jeo-do yeo-gi cheo-eu-mi-e-yo.
jam-si-man-nyo.
我也第一次來這裡。請稍等
一下。

공원 gong-won 公園 /
전망대 jeon-mang-dae
觀景台 /
절 jeol 寺廟

오, 여기 근처예요.
o, yeo-gi geun-cheo-ye-yo.
喔，在這附近呢。

잘됐군요!
jal-dwaet-ggun-nyo!
太好了！

사거리까지 쭉 가세요.
sa-geo-ri-gga-ji jjuk ga-se-yo.
請往十字路口的方向走。

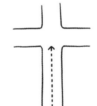

그다음 좌회전하세요.
geu-da-eum jwa-hoe-jeon-ha-se-yo.
然後請左轉。

우회전
u-hoe-jeon
右轉

在韓國旅行的時候請下載這些App！

1. 地圖

・Google Maps／Kakao Map／
T map／Smarter Subway

–透過地圖App能夠知道關於方向與大眾
交通的相關資訊。

2. 訂房推薦

・Hotels.com／Booking.com

–透過訂房網預定各式飯店。

–能使用折扣碼及折價券省錢。

3. 叫計程車

・Kakao T

–除了計程車還能提供代駕服務。

4. 翻譯

・Papago

–能夠翻譯13種語言。

–能夠翻譯文字、圖像、聲音及其他。

–還能夠查詢字典。

5. 韓國旅遊

Korea Tour／Visit Korea／1330 Korea Travel Hotline

提供遊韓旅客關於韓國旅行、美食、住宿、
購物與慶典等相關訊息,使其能夠充分享受
在韓國的時間。

3

購物
쇼핑 syo-ping

031.mp3

안녕하세요!
뭘 도와드릴까요?
an-nyeong-ha-se-yo!
mwol do-wa-deu-ril-gga-yo?
您好！有需要幫忙的地方嗎？

그냥 구경 중이에요.
geu-nyang gu-gyeong jung-i-e-yo.
我只是看看。

이거 검은색 있어요?
i-geo geo-meun-saek i-sseo-yo?
這個有黑色的嗎？

네, 무슨 사이즈요?
ne, mu-seun sa-i-jeu-yo?
有，需要什麼尺寸的呢？

흰색 hin-saek
白色 /
노란색
no-ran-saek
黃色

90호요.
gu-si-po-yo.
90號。

90號   95號   100號

입어 봐도 돼요?
i-beo bwa-do dwae-yo?
可以試穿嗎？

그럼요.
geu-reom-nyo.
當然可以。

탈의실이 어디예요?
ta-ri-si-ri eo-di-ye-yo?
更衣室在哪裡呢？

이쪽으로 오세요.
i-jjo-geu-ro o-se-yo.
請往這邊。

Tip. 鞋子尺寸表

Korea(mm)		230	235	240	250	260	270	280
US	M	5	5.5	6	7	8	9	10
	F	6	6.5	7	8	9	10	11
UK/AUS	M	4.5	5	5.5	6.5	7.5	8.5	9.5
	F	3.5	4	4.5	5.5	6.5	7.5	8.5
EU	M	38	39	40	41	42	43	44
	F	37	37.5	38	39	40	41	42

260 신어 볼 수 있어요?
i-baek-yuk-ssip si-neo bol ssu i-sseo-yo?
我可以試穿26號嗎？

죄송하지만,
그 사이즈는 없어요.
joe-song-ha-ji-man, geu sa-i-jeu-
neun eop-sseo-yo.
很抱歉，沒有這個尺碼。

265 신어 보실래요?
i-baek-yuk-ssi-bo
si-neo bo-sil-rae-yo?
要試穿26.5號嗎？

맞아요.
ma-ja-yo.
剛好。

끼어요 ggi-eo-yo 很緊 /
헐렁해요 heol-reong-hae-yo
很鬆

033.mp3

스킨 찾고 있는데요.
seu-kin chat-ggo in-neun-de-yo.
我在找化妝水。

로션 lo-syeon 乳液 /
선크림 seon-keu-rim
防曬乳

뭐가 잘 나가요?
mwo-ga jal na-ga-yo?
哪個最熱賣呢？

이거요.
i-geo-yo.
這個。

지성 피부에 괜찮아요?
ji-seong pi-bu-e gwaen-cha-na-yo?
這個適合油性肌膚嗎？

네, 모든 피부용이에요.
ne, mo-deun pi-bu-yong-i-e-yo.
可以，這適合全部的膚質。

써 봐도 돼요?
sseo bwa-do dwae-yo?
能夠試用嗎？

네, 이 테스터 써 보세요.
ne, i te-seu-teo sseo bo-se-yo.
可以，請用試用品。

마음에 드세요?
ma-eu-me deu-se-yo?
喜歡嗎？

약간 끈적이는데요.
yak-ggan ggeun-jeo-gi-neun-de-yo.
有點黏膩。

+ 延伸表現 +

➜ 當你提到尺寸與試穿時……

我穿95／100／105號。

95호 / 100호 / 105호예요.
gu-si-bo-ho / bae-ko / bae-go-ho-ye-yo.

有小一點／大一點的尺寸嗎？

더 작은 / 더 큰 사이즈 있어요?
deo ja-geun / deo keun sa-i-jeu i-sseo-yo?

➜ 當你想要仔細看某東西時……

請給我看那個。

저거 보여 주세요.
jeo-geo bo-yeo ju-se-yo.

➜ 當你詢問地點時……

食品材料行在哪裡呢？

식료품점은 어디 있어요?
sing-nyo-pum-jeo-meun eo-di i-sseo-yo?

電子產品賣場是哪一樓呢？

전자제품 매장은 몇 층이에요?
jeon-ja-je-pum mae-jang-eun myeot cheung-i-e-yo?

➜ 當你詢問某一產品時……

有新的嗎？

새것 있어요?
sae-geot i-sseo-yo?

很抱歉，這是最後一個了。

죄송하지만, 마지막 상품입니다.
joe-song-ha-ji-man, ma-ji-mak sang-pu-mim-ni-da.

全都賣光了。

다 팔렸어요.
da pal-ryeo-sseo-yo.

➜ 當你確認是否有折扣時……

這有打折嗎？

이거 할인하나요?
i-geo ha-rin-ha-na-yo?

打八折。

20% 할인해요.
i-sip-peo-sen-teu ha-rin-hae-yo.

035.mp3

총 4만 5천 원입니다.
chong sa-man o-cheon wo-nim-ni-da.
總共是四萬五千韓元。

45,000원

할인 가격인가요?
ha-rin ga-gyeo-gin-ga-yo?
這是折扣後的價格嗎？

네.
ne.
是的。

세금 환급하고 싶은데요.
se-geum hwan-geu-pa-go
si-peun-de-yo.
我想要退稅。

여권 주세요.
yeo-ggwon ju-se-yo.
請給我護照。

상품과 부가세 환급증 잘 챙기세요.
sang-pum-gwa bu-ga-sse hwan-geup-jjeung
jal chaeng-gi-se-yo.
請保存好商品與退稅證明。

Tip. 退稅
當你在免稅店購買東西時，你可以退稅。但必須保存好商品與退稅證明，而且必須在機場申報退稅。建議事先上網確認 https:// english.visitkorea.or.kr

카드로 할게요.
ka-deu-ro hal-gge-yo.
用信用卡付款。

서명해 주세요.
seo-myeong-hae ju-se-yo.
請簽名。

여기 영수증이요.
yeo-gi yeong-su-jeung-i-yo.
這是收據。

45,000원

> **Tip. 當你在韓國使用信用卡付款時**
> 當你提供信用卡給收銀員時，他會要求
> 您確認金額後簽名。無須輸入Pin碼。

+ 延伸表現 +

➜ 當你議價時……

可以算便宜一點嗎？

깎아 줄 수 있어요?
gga-gga jul ssu i-sseo-yo?

➜ 可以算便宜一點嗎？

這個很便宜／很貴。

이거 싸네요 / 비싸네요.
i-geo ssa-ne-yo / bi-ssa-ne-yo.

這不是折扣後的價格。

할인 가격이 아니에요.
ha-rin ga-gyeo-gi a-ni-e-yo.

你沒有幫我打折。

할인 적용이 안 됐어요.
ha-rin jeo-gyong-i an dwae-sseo-yo.

能使用這張折價券嗎？

이 쿠폰 쓸 수 있어요?
i ku-pon sseul ssu i-sseo-yo?

037.mp3

환불하고 싶어요.
hwan-bul-ha-go si-peo-yo.
我想要退貨。

영수증 있으세요?
yeong-su-jeung i-sseu-se-yo?
請問有收據嗎？

네, 여기요.
ne, yeo-gi-yo.
有的，這裡。

60,000원

X Michael

할인 상품이었군요.
ha-rin sang-pu-mi-eot-ggun-nyo.
原來是折扣商品。

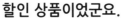

죄송하지만, 환불이 안 돼요.
joe-song-ha-ji-man, hwan-bu-ri
an dwae-yo.
很抱歉，這無法退貨。

근데, 여기 흠이 있어요.
geun-de, yeo-gi heu-mi i-sseo-yo.
但這裡有瑕疵。

음...
eum...
嗯…

교환할 수 있어요?
gyo-hwan-hal ssu i-sseo-yo?
能夠換貨嗎？

네, 다른 상품으로 가져오세요.
ne, da-reun sang-pu-meu-ro ga-jeo-o-se-yo.
可以，請去拿其他想換的品項。

고마워요.
go-ma-wo-yo.
謝謝。

+延伸表現+

→ 當你想要退貨或更換商品時……

我想要退貨。

반품하고 싶어요.
ban-pum-ha-go si-peo-yo.

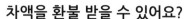

能夠退差額嗎?

차액을 환불 받을 수 있어요?
cha-ae-geul hwan-bul ba-deul ssu i-sseo-yo?

您必須負擔退貨運費。

반품 배송비를 부담하셔야 합니다.
ban-pum bae-song-bi-reul bu-dam-ha-syeo-ya ham-ni-da.

請提供退款帳號。

환불 계좌를 알려 주세요.
hwan-bul gye-jwa-reul al-ryeo ju-se-yo.

< 透過郵件聯繫客服 >

안녕하세요.
an-nyeong-ha-se-yo. 您好。

제 이름은 헤더이고, 주문 번호는 12345입니다.
je i-reu-meun he-deo-i-go, ju-mun beon-ho-neun il-i-sam-sa-o-im-ni-da.

我的名字是海瑟，我的訂單編號是12345。

파손된 상품을 받았습니다.
pa-son-doen sang-pu-meul ba-dat-sseum-ni-da. 我收到有瑕疵的商品。

반품하고 환불 받으려고요.
ban-pum-ha-go hwan-bul ba-deu-ryeo-go-yo. 我想要退貨退款。

사진을 첨부합니다.
sa-ji-neul cheom-bu-ham-ni-da. 請查收附件照片。

확인 후 다음 절차를 알려 주시기 바랍니다.
hwa-gin hu da-eum jeol-cha-reul al-ryeo ju-si-gi ba-ram-ni-da.

請確認之後告訴我下一步該怎麼進行。

답장 기다리겠습니다.
dap-jjang gi-da-ri-get-sseum-ni-da. 等您回覆。

안녕히 계세요.
an-nyeong-hi gye-se-yo. 再見。

헤더 드림
he-deo deu-rim 海瑟敬上

+ 延伸表現 +

➜ 其他客訴

我還沒收到商品。

상품을 아직 못 받았어요.
sang-pu-meul a-jik mot ba-da-sseo-yo.

我收到了不同的商品。

상품을 다른 것으로 받았어요.
sang-pu-meul da-reun geo-seu-ro ba-da-sseo-yo.

我想收到新的商品。

새 상품으로 받고 싶어요.
sae sang-pu-meu-ro bat-ggo si-peo-yo.

我想取消訂單。

주문을 취소하고 싶어요.
ju-mu-neul chwi-so-ha-go si-peo-yo.

➜ 網購時的實用單字

_계정 만들기 gye-jeong man-deul-gi 申辦新帳號
_주문 ju-mun 訂購
_개수 gae-ssu 數量
_단가 dan-gga 單價
_할인 ha-rin 折扣
_결제 gyeol-jje 結帳
_배송 bae-song 配送
_예상 배송일 ye-sang bae-song-il 預計配送日
_고객 센터 go-gaek sen-teo 客服中心

買東西！（購物清單）

041.mp3

- **옷** ot 衣服

- **바지** ba-ji 褲子

- **반바지** ban-ba-ji 短褲

- **치마** chi-ma 裙子

- **조끼** jo-ggi 背心

- **양말** yang-mal 襪子

- **장갑** jang-gap 手套

- **속옷** so-got 內衣

- **수영복** su-yeong-bok 泳衣

- **신발** sin-bal 鞋子

- **가방** ga-bang 包包

- **지갑** ji-gap 錢包

- **보석** bo-seok 珠寶
- **목걸이** mok-ggeo-ri 項鍊
- **팔찌** pal-jji 手鏈
- **귀걸이** gwi-geo-ri 耳環
- **반지** ban-ji 戒指

- **화장품** hwa-jang-pum 化妝品
- **세안제** se-an-je 洗面乳
- **기초화장** gi-cho-hwa-jang 基礎保養品
- **색조 화장** saek-jjo hwa-jang 彩妝
- **틴트** tin-teu 唇釉
- **매니큐어** mae-ni-kyu-eo 指甲油

- **향수** hyang-su 香水

4

交通

교통 gyo-tong

　　韓國是大眾交通工具發達的天堂！

042.mp3

버스 정류장이 어디예요?
beo-seu jeong-nyu-jang-i
eo-di-ye-yo?
巴士總站在哪裡呢？

여기서 두 블록 가세요.
yeo-gi-seo du beul-rok ga-se-yo.
從這裡開始走兩個街區就會到了。

이 방향이요?
i bang-hyang-i-yo?
是這個方向嗎？

네.
ne.
對。

**거기서 시내 가는 버스를
탈 수 있어요?**
geo-gi-seo si-nae ga-neun beo-seu-reul
tal ssu i-sseo-yo?
那裡可以搭往市區的巴士嗎？

**아니요.
갈아타야 해요.**
a-ni-yo.
ga-ra-ta-ya hae-yo.
沒辦法，必須轉車。

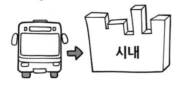

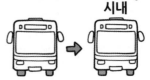

가장 좋은 방법은 뭐예요?
ga-jang jo-eun bang-beo-beun
mwo-ye-yo?
去市區最好的方法是什麼呢？

지하철이요.
ji-ha-cheo-ri-yo.
地鐵。

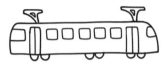

지하철역은 어떻게 가요?
ji-ha-cheol-ryeo-geun
eo-ddeo-ke ga-yo?
要怎麼去地鐵站呢？

가장 가까운 역은...
ga-jang ga-gga-un yeo-geun...
最近的站……

바로 저 모퉁이예요.
ba-ro jeo mo-tung-i-ye-yo.
就在那個轉角。

Tip. 搭乘優惠！

搭乘大眾運輸時，如果使用交通卡就能享有乘車優惠，現金付款則得支付原價車資。在韓國搭公車，上下車皆須感應交通卡，此時會先支付一次車資。倘若你在半小時內轉乘其他公車或地鐵，且乘車距離在10公里內，則可享有免費轉乘優惠。超過10公里的部分會依照距離加收費用。

043.mp3

✛ 延伸表現 ✛

➜ 去首爾車站的方法

這是去首爾車站的路嗎？

서울역으로 가는 길이 맞나요?
seo-ul-ryeo-geu-ro ga-neun gi-ri man-na-yo?

哪條線有到首爾車站？

어떤 노선이 서울역으로 가요?
eo-ddeon no-seo-ni seo-ul-ryeo-geu-ro ga-yo?

請問如果要去首爾車站，要在哪裡轉乘呢？

서울역에 가려면 어디서 환승하나요?
seo-ul-ryeo-ge ga-ryeo-myeon eo-di-seo hwan-seung-ha-na-yo?

如果要去首爾車站，要在哪一站下車呢？

서울역에 가려면 어느 역에서 내리나요?
seo-ul-ryeo-ge ga-ryeo-myeon eo-neu yeo-ge-seo nae-ri-na-yo?

如果要去首爾車站，要從幾號出口出站呢？

서울역에 가려면 몇 번 출구로 나가나요?
seo-ul-ryeo-ge ga-ryeo-myeon myeot bbeon chul-gu-ro na-ga-na-yo?

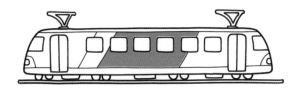

어디로 모실까요?
eo-di-ro mo-sil-gga-yo?
您要去哪裡呢？

시청까지 부탁합니다.
si-cheong-gga-ji bu-ta-kam-ni-da.
麻煩到市廳。

안전벨트 매 주세요.
an-jeon-bel-teu mae ju-se-yo.
請繫上安全帶。

길이 막히네!
gi-ri ma-ki-ne!
塞車了！

얼마나 걸려요?
eol-ma-na geol-ryeo-yo?
會花多少時間呢？

20분 정도요.
i-sip-bbun jeong-do-yo.
約20分鐘。

00:20

여기 세워 주세요.
yeo-gi se-wo ju-se-yo.
請在這裡停車。

잔돈 가지세요.
jan-don ga-ji-se-yo.
不用找錢了。

< 購買 Korail Pass（韓國旅遊火車通行證）>

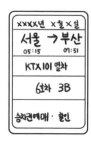

• **예약** ye-yak 預約

• **패스 종류** pae-seu jong-nyu **/ 출발일** chul-ba-ril 車票種類 / 出發日期

KORAIL PASS Type	KORAIL PASS (2 day use)			
First date of travel with KORAIL PASS	21 ▼	12 ▼	2022 ▼	dd-mm-yyyy

↓

• **개인 정보** gae-in jeong-bo 個人資訊

Name	Heather Brown			
Gender	○ Male ◉ Female			
Birthdate	12 ▼	12 ▼	2002 ▼	dd-mm-yyyy
E-mail	heather@gmail.com			

↓

• **결제** gyeol-jje 結帳

◉ **Overseas Issued (VISA, MASTER, JCB)**

○ **Korea Issued** [◉ Personal ○ Corporate]

PAYMENT >   CANCEL

↓

< 確認旅遊行程 >

- **내 예약** nae ye-yak 我的預約
  - **날짜 선택** nal-jja seon-taek 選擇日期

| Date of travel 1 | Add | 21 ▼ | 12 ▼ | 2022 ▼ | dd-mm-yyyy | Set | Cancel |
| Date of travel 2 | Add | 23 ▼ | 12 ▼ | 2022 ▼ | dd-mm-yyyy | Set | Cancel |

  - **좌석 예약** jwa-seok ye-yak **/ 좌석 선택** jwa-seok seon-taek
    預約座位 / 選擇座位

TYPE OF TRAVEL	TRAIN NO.	TRAIN TYPE	FROM	TO	DEP. TIME	ARR. TIME	First class	Economy class
Direct	101	KTX	Seoul	Busan	05:15	07:51	**Select**	**Select**
Direct	101	KTX	Seoul	Busan	05:30	08:17	**Select**	**Select**

- **예약 완료** ye-yak wal-ryo 預約完成

Tip. Korail Pass（韓國旅遊火車通行證）

Korail Pass是提供給外國人的火車票，可搭乘火車旅行。您必須事先購買Korail Pass（出發前31天前），並透過線上或韓國各地火車站預約座位。有些有提供折扣。（你能夠在www.letskorail.com 或旅行社網站上預約）

046.mp3

좌석 예약했죠?
jwa-seok ye-ya-kaet-jjyo?
有預約座位了嗎？

**어? 코레일 패스로
그냥 타는 거 아니에요?**
eo? ko-re-il pae-sseu-ro
geu-nyang ta-neun geo a-ni-e-yo?
嗯？不是直接使用Korail Pass搭乘嗎？

아니요, 예약해야 해요.
a-ni-yo, ye-ya-kae-ya hae-yo.
안 했으면, 역에서 하면 돼요.
an hae-sseu-myeon, yeo-ge-seo
ha-myeon dwae-yo.
不是的，必須要預約。如果沒有預約
的話，可以在車站請他們敲座位。

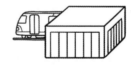

부산행 좌석
예약하려고요.
bu-san-haeng jwa-seok
ye-ya-ka-ryeo-go-yo.
我想預約往釜山的座位。

코레일 패스와
여권 보여 주세요.
ko-re-il pae-seu-wa
yeo-ggwon bo-yeo ju-se-yo.
請提供Korail Pass跟護照。

감사합니다.
gam-sa-ham-ni-da.
謝謝。

047.mp3

인터넷으로 예약했어요.
여기 예약 확인서요.
in-teo-ne-seu-ro ye-ya-kae-sseo-yo.
yeo-gi ye-yak hwa-gin-seo-yo.
我在網路上預約了。這是預約確認書。

하루 렌터카

신분증과 운전면허증 주세요.
sin-bun-jjeung-gwa
un-jeon-myeon-heo-jjeung ju-se-yo.
請給我身分證與駕照。

내용 확인해 주세요.
nae-yong hwa-gin-hae ju-se-yo.
請確認內容。

자동 변속기, 휘발유,
내비게이션, 종합 보험.
ja-dong byeon-sok-ggi, hwi-bal-ryu,
nae-bi-ge-i-syeon, jong-hap bo-heom.
有包含自排汽車、汽油、
導航與綜合保險。

자차 손해 면책 제도는요?
ja-cha son-hae myeon-chaek
je-do-neun-nyo?
那CDW（車輛碰撞免責險）呢？

'고객 부담금 면제, 5만 원 또는
30만 원 부담'이 있어요.
'go-gaek bu-dam-geum myeon-je, o-man won
ddo-neun sam-sim-man won bu-dam'-i i-sse-yo.
有「零自負額、五萬韓幣或三十萬韓幣」。

'면제'로 해 주세요.
'myeon-je'-ro hae ju-se-yo.
我選擇零自負額。

Tip. 在韓國租車時
你必須要有國際駕照或韓國頒發的駕
駛執照，以及自己的信用卡。

차는 주차장에 있습니다.
따라오세요.
cha-neun ju-cha-jang-e i-sseum-ni-da.
dda-ra-o-se-yo.
車子在停車場。請跟我來。

차를 확인하시고,
여기에 서명해 주세요.
cha-reul hwa-gin-ha-si-go,
yeo-gi-e seo-myeong-hae ju-se-yo.
請確認車子的狀態，並在這裡簽名。

048.mp3

+ 延伸表現 +

→ 在租車時要確認…

取車／還車地點
대여 / 반납 장소
dae-yeo / ban-nap jang-so

在其他地方還車
다른 장소에서 반납
da-reun jang-so-e-seo ban-nap

<u>自排車／手排車</u>
자동 변속기 / 수동 변속기
ja-dong byeon-sok-ggi / su-dong byeon-sok-ggi

額外駕駛人
추가 운전자
chu-ga un-jeon-ja

加油方法
연료 방법
yol-ryo bang-beop

_기름 채워서 반납 gi-reum chae-wo-seo ban-nap 加滿油之後還車
_그대로 반납 geu-dae-ro ban-nap 使用後直接還車

[交通號誌 도로 표지판]

049.mp3

· (일시)정지
(il-ssi-)jeong-ji
（暫時）停止

· 진입금지
ji-nip-geum-ji
禁止進入

· 주차 금지
ju-cha geum-ji
禁止停車

· 주정차 금지
ju-jeong-cha geum-ji
禁止臨停

· 양보
yang-bo
讓路

· 일방통행
il-bang-tong-haeng
單行道

· 최고 속도 제한(50㎞/h)

choe-go sok-ddo je-han
(si-sok o-sip kil-ro-mi-teo)

最高限速50

· 서행

seo-haeng

慢行

· 버스 전용 차로

beo-seu jeo-nyong cha-ro

公車專用道路

· 견인 지역

gyeo-nin ji-yeok

拖吊區

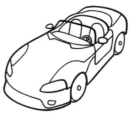

050.mp3

휘발유, 5만 원이요.
hwi-bal-ryu, o-man wo-ni-yo.
加五萬韓幣的汽油。

결제해 드리겠습니다.
gyeol-jje-hae
deu-ri-get-sseum-ni-da.
幫您結帳。

창문을 닦아 드릴까요?
chang-mu-neul da-gga
deu-ril-gga-yo?
需要擦窗戶嗎？

네, 부탁합니다.
ne, bu-ta-kam-ni-da.
好，麻煩您。

주유 완료되었습니다.
안전 운전하세요.
ju-yu wal-ryo-doe-eot-sseum-ni-da. an-
jeon un-jeon-ha-se-yo.
油已經加好了。請小心開車。

< 自助加油 >

051.mp3

시작 버튼 클릭 si-jak beo-teun keul-rik 請按開始鍵

→ 유종 체크 yu-jong che-keu 確認汽油種類
　(고급 휘발유 go-geup hwi-bal-ryu 高級汽油 /
　무연 휘발유 mu-yeon hwi-bal-ryu 無鉛汽油 /
　경유 gyeong-yu 柴油)

→ 금액 또는 주유량 체크 geu-maek ddo-neun ju-yu-ryang che-keu
確認金額與公升數

→ 결제 gyeol-jje 結帳

→ 주유기 삽입 ju-yu-gi sa-bip 插入油槍

→ 주유 시작 ju-yu si-jak 開始加油

→ 영수증 yeong-su-jeung 收據

韓國是大眾交通工具發達的天堂！

　　與其他已開發國家相比，韓國的大眾交通工具費用相對較低。對想省錢的旅客來說，我們建議搭乘公車或地鐵。在書寫這本書時，如使用Cashbee 或Tmoney等儲值交通卡，一般成人車資折扣後約在2000韓元以下。交通卡可在特約銀行、地鐵站或便利商店購買。

1. 推薦公車跟地鐵給想省錢的遊客

　　主要大城市的地鐵系統都很友善。首爾、仁川、大邱與釜山都有建造地鐵系統；光州及大田都有自己的地鐵線，且計畫要擴張。透過電子看板公告班次資訊也能更輕易地規劃搭乘公車／地鐵旅行。

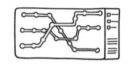

2. 推薦搭乘計程車給那些喜歡便利的遊客

　　想獲得更多個人化服務的遊客就要搭排班計程車。除了普通計程車，國際計程車的司機還可提供多國語服務，黑色模範計程車更是提供遊客寬敞的空間，只是價格偏高。大部分的計程車在路邊都可以攔到車，也能透過電話或手機APP叫車。但電話叫車時，客服很有可能不會講英文。整體計程車價目表請上 https://english.visikorea.or.kt查詢。

5

娛樂
문화 생활 mun-hwa saeng-hwal

가방 열어 주세요.
ga-bang yeo-reo ju-se-yo.
請打開包包。

성인 한 장이요.
오디오 가이드도요.
seong-in han jang-i-yo.
o-di-o ga-i-deu-do-yo.
成人票一張。需要語音導覽。

얼마예요?
eol-ma-ye-yo?
多少錢呢？

오디오 가이드는 무료입니다.
o-di-o ga-i-deu-neun mu-ryo-im-ni-da.
語音導覽是免費的。

무료

오디오 가이드는 2층에서
가져가시면 됩니다.
o-di-o ga-i-deu-neun i-cheung-e-seo ga-
jeo-ga-si-myeon doem-ni-da.
請去二樓領取語音導覽。

감사합니다.
gam-sa-ham-ni-da.
謝謝。

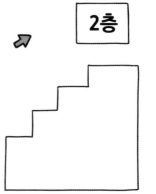

2층

미국 사람인가요?
mi-guk sa-ra-min-ga-yo?
請問是美國人嗎？

네.
ne.
對。

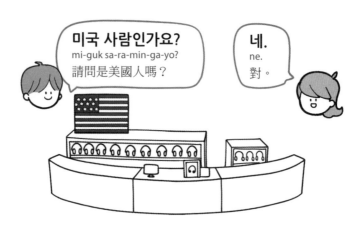

영어로 드릴까요?
yeong-eo-ro deu-ril-gga-yo?
結您英語的導覽嗎？

영어랑 한국어 주세요.
yeong-eo-rang han-gu-geo ju-se-yo.
請給我英語跟韓語的。

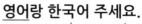

일본어 il-bo-neo 日語 /
중국어 jung-gu-geo 中文 /
스페인어 seu-pe-i-neo 西班牙語 /
프랑스어 peu-rang-seu-eo 法語 /
독일어 do-gi-reo 德語

신분증 주세요.
sin-bun-jjeung ju-se-yo.
請給我身分證。

128

053.mp3

+延伸表現+

→ 在售票／諮詢處

幾點關門呢？

몇 시에 닫아요?

myeot ssi-e da-da-yo?

請問導覽手冊在哪裡？

안내 책자가 어디 있어요?

an-nae chaek-jja-ga eo-di i-sseo-yo?

請問入口／出口在哪裡？

입구 / 출구가 어디예요?

ip-ggu / chul-gu-ga eo-di-ye-yo?

→ 當你想要寄放包包時…

能夠寄放包包嗎？

가방을 맡길 수 있나요?

ga-bang-eul mat-ggil ssu in-na-yo?

有置物櫃嗎？

사물함 있어요?

sa-mul-ham i-sseo-yo?

입구

054.mp3

오늘 밤 이 공연 하나요?
o-neul bbam i gong-yeon ha-na-yo?
今晚會舉行這場演出嗎？

네.
ne.
對。

공연장

지금 들어갈 수 있어요?
ji-geum deu-reo-gal ssu i-sseo-yo?
現在可以進去嗎？

아직이요.
10분 후에 오세요.
a-ji-gi-yo.
sip-bbun hu-e o-se-yo.
還沒，請過十分鐘後再來。

00:10

15분 후 /
si-bo-bun hu
15分鐘後
 00:15

30분 후
sam-sip-bbun hu
30分鐘後
 00:30

표 보여 주세요.
pyo bo-yeo ju-se-yo.
請出示門票。

위층으로 가세요.
wi-cheung-eu-ro ga-se-yo.
請上樓。

2층

1층

물품보관소가 어디예요?
mul-pum-bo-gwan-so-ga
eo-di-ye-yo?
請問寄物櫃台在哪？

바로 저기요.
ba-ro jeo-gi-yo.
在那裡。

아, 감사합니다.
a, gam-sa-ham-ni-da.
啊，謝謝。

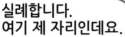

실례합니다.
여기 제 자리인데요.
sil-rye-ham-ni-da.
yeo-gi je ja-ri-in-de-yo.
抱歉，這是我的位置。

그래요?
좌석 번호가 뭐예요?
geu-rae-yo?
jwa-seok beon-ho-ga mwo-ye-yo?
是嗎？你的座位號碼是什麼呢？

H7이요.
e-i-chi-chi-ri-yo.
是H7。

여기는 G7이에요.
yeo-gi-neun ji-chi-ri-e-yo.
這裡是G7。

아! 죄송합니다.
a! joe-song-ham-ni-da.
啊！抱歉。

괜찮습니다.
gwaen-chan-sseum-ni-da.
沒關係。

133

이 줄은 뭐예요?
i ju-reun mwo-ye-yo?
這是在排什麼的隊伍？

경기장 입장하는 거요.
gyeong-gi-jang ip-jjang-ha-neun geo-yo.
是在排比賽入場。

입구

매표소는 어디예요?
mae-pyo-so-neun eo-di-ye-yo?
售票處在哪裡？

반대쪽이요.
ban-dae-jjo-gi-yo.
在對面。

어느 쪽이요?
eo-neu jjo-gi-yo?
哪一側呢？

1루 쪽이요.
응원석으로요.
il-ru jjo-gi-yo.
eung-won-seo-geu-ro-yo.
一壘側，近應援席。

남은 자리가 없어요.
위층 자리만 가능해요.
na-meun ja-ri-ga eop-sseo-yo.
wi-cheung ja-ri-man ga-neung-hae-yo.
沒有空位了，只剩下二層看台。

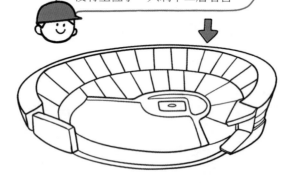

056.mp3

와, 사람이 너무 많아!
wa, sa-ra-mi neo-mu ma-na!
哇，人好多喔！

퀵패스가 있으면
빨리 탈 수 있어요.
kwik-pae-seu-ga i-sseu-myeon bbal-
ri tal ssu i-sseo-yo.
如果有快速通關券（Q-Pass）
的話就能夠早點搭到。

Q-PASS

아, 한정판매라서 없대요.
a, han-jeong-pan-mae-ra-seo
eop-ddae-yo.
啊，他們說是限量販售賣完了。

롤러코스터 타요.
rol-reo-ko-seu-teo ta-yo.
我們去搭雲霄飛車吧。

Tip. 愛寶樂園快速通關券Q-Pass

如果你有快速通關券的話（遊樂設施
的特殊快速通關券），就不需要排隊
搭乘遊樂設施。然而，快速通關券是
限量販售，所以要提早購買。

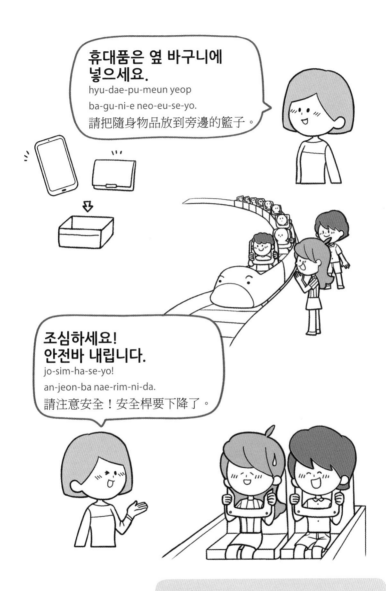

휴대품은 옆 바구니에 넣으세요.

hyu-dae-pu-meun yeop ba-gu-ni-e neo-eu-se-yo.

請把隨身物品放到旁邊的籃子。

조심하세요! 안전바 내립니다.

jo-sim-ha-se-yo! an-jeon-ba nae-rim-ni-da.

請注意安全！安全桿要下降了。

Tip. 遊行

韓國的遊樂園，例如首爾的樂天世界或龍仁的愛寶樂園，皆有必看的遊行。別錯過！

網路訂票的實用單字

- **티켓 구매** ti-ket gu-mae 購票

- **날짜** nal-jja 日期

- **시간** si-gan 時間

- **수량** su-ryang 數量

- **성인** seong-in 成人 /
  청소년 cheong-so-nyeon 青少年 /
  어린이 eo-ri-ni 孩童 /
  우대 u-dae 優待

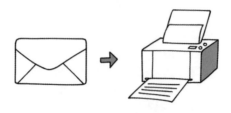

- **자리 선택** ja-ri seon-taek 選擇座位 /
  선택한 좌석 seon-tae-kan jwa-seok 已選擇的座位
- **가능** ga-neung 有空位
- **매진** mae-jin 售完
- **무대** mu-dae 舞台
- **줄** jul 排隊
- **지금 예약** ji-geum ye-yak 現在預約
- **취소** chwi-so 取消
- **삭제** sak-jje 刪除
- **결제** gyeol-jje 結帳
- **확인** hwa-gin 預覽
- **확정** hwak-jjeong 確認

6

旅行
여행 yeo-haeng

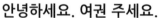
대한항공

안녕하세요. 여권 주세요.
an-nyeong-ha-se-yo. yeo-ggwon ju-se-yo.
您好，請給我護照。

부칠 짐은 몇 개예요?
bu-chil jji-meun myeot ggae-ye-yo?
要託運的行李有幾個呢？

한 개요.
han gae-yo
一個。

가방 여기 올려 주세요.
ga-bang yeo-gi ol-ryeo ju-se-yo.
請把行李放上來這裡。

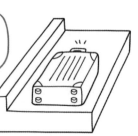

짐 안에 배터리 있어요?
jim a-ne bae-teo-ri i-sseo-yo?
行李箱裡有電池嗎？

아니요.
a-ni-yo.
沒有。

통로석으로 주세요.
tong-no-seo-geu-ro ju-se-yo.
請給我靠走道的位置。

창가석
chang-gga-seok
靠窗

네.
ne.
好的。

Tip. 前往機場前先辦理登機報到手續！
事先透過手機或網路辦理登機報到，可避免在售票櫃台排隊。之後，只需要托運行李即可。大部分的航班都能在出發前24小時辦理登機報到手續，且包含選位。

72번 탑승구에서 탑승하세요.
chil-si-bi-beon tap-sseung-gu-e-seo
tap-sseung-ha-se-yo.
請到72號登機門登機。

탑승은 12시 20분에 시작합니다.
tap-sseung-eun yeol-ddu-si i-sip-bbu-ne si-ja-kam-ni-da.
12點20分開始登機。

12:20

늦어도 15분 전에는
탑승구에 가셔야 합니다.
neu-jeo-do si-bo-bun jeo-ne-neun
tap-sseung-gu-e ga-syeo-ya ham-ni-da.
最晚要15分鐘之前抵達登機門。

12:05

 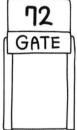

+ 延伸表現 +

059.mp3

➜ 確認你的點數與航空里程回饋

我的航空里程點數有累積了嗎？

마일리지 적립됐어요?
ma-il-ri-ji jeong-nip-dwae-sseo-yo?

我會收到航空里程點數嗎？

마일리지를 받을 수 있어요?
ma-il-ri-ji-reul ba-deul ssu i-sseo-yo?

你可以告訴我總共有多少點數嗎？

마일리지가 총 얼마인지 알려 줄래요?
ma-il-ri-ji-ga chong eol-ma-in-ji al-ryeo jul-rae-yo?

➜ 當你託運行李時⋯

（行李）超重了。

(짐이) 무게를 초과했어요.
(ji-mi) mu-ge-reul cho-gwa-hae-sseo-yo.

這是（機內）手提行李。

이것은 (기내에) 들고 타요.
i-geo-seun (gi-nae-e) deul-go ta-yo.

可以幫我貼「易碎注意」的貼紙嗎？

'파손 주의' 스티커를 붙여 주시겠어요?
'pa-son ju-i' seu-ti-keo-reul bu-cheo ju-si-ge-sseo-yo?

060.mp3

한국은 처음인가요?
han-gu-geun cheo-eu-min-ga-yo?
第一次來韓國嗎?

네.
ne.
對。

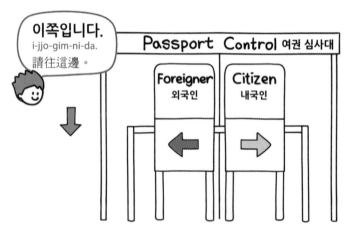

이쪽입니다.
i-jjo-gim-ni-da.
請往這邊。

Passport Control 여권 심사대

Foreigner
외국인

Citizen
내국인

* 여권 심사대
yeo-ggwon sim-sa-dae
護照審查
외국인 oe-gu-gin 外國人
내국인 nae-gu-gin 本國人

방문 목적은요?
bang-mun mok-jjeo-geun-nyo?
來訪的目的是什麼呢？

여행입니다.
yeo-haeng-im-ni-da.
旅行。

출장 chul-jjang 出差

얼마나 체류해요?
eol-ma-na che-ryu-hae-yo?
會待幾天呢？

일주일이요.
il-jju-i-ri-yo.
一週。

귀국 항공권을 보여 주세요.
gwi-guk hang-gong-ggwo-neul
bo-yeo ju-se-yo.
請給我看回程的機票。

전자항공권

149

한국에서 다른 도시도 가세요?
han-gu-ge-seo da-reun do-si-do ga-se-yo?
會拜訪韓國的其他城市嗎？

네, 제주도와 여수요.
ne, je-ju-do-wa yeo-su-yo.
會，濟州島跟麗水市。

일행은요?
il-haeng-eun-nyo?
會有旅伴一起同行嗎？

혼자요.
hon-ja-yo.
會自己去。

카메라 보세요.
ka-me-ra bo-se-yo.
請看攝像頭。

＋ 延伸表現 ＋

061.mp3

➜ 入境FAQ

有來過這個地方嗎？

이곳에 온 적 있습니까?
i-go-se on jeok it-sseum-ni-gga?

獨自旅行嗎？

혼자 여행합니까?
hon-ja yeo-haeng-ham-ni-gga?

會待多久呢？

얼마나 머무나요?
eol-ma-na meo-mu-na-yo?

住宿地在哪裡呢？

어디에 머무나요?
eo-di-e meo-mu-na-yo?

身上帶多少現金呢？

돈은 얼마나 가지고 있습니까?
do-neun eol-ma-na ga-ji-go it-sseum-ni-gga?

입국 심사

是從事什麼職業呢？

직업은 무엇입니까?
ji-geo-beun mu-eo-sim-ni-gga?

＊ **입국 심사** ip-gguk sim-sa 入境審查

151

신고할 게 있습니까?
sin-go-hal gge it-sseum-ni-gga?
有要申報的東西嗎？

아니요.
a-ni-yo.
沒有。

음식물 있어요?
eum-sing-mul i-sseo-yo?
有帶食物嗎？

아니요.
a-ni-yo.
沒有。

술 sul 酒 /
담배 dam-bae 香菸

+ 延伸表現 +

→ 海關申報FAQ

請給我海關申報表。

세관 신고서를 주세요.
se-gwan sin-go-seo-reul ju-se-yo.

請打開行李。

가방 열어 보세요.
ga-bang yeo-reo bo-se-yo.

這些東西的用途是什麼？

이것들은 무슨 용도입니까?
i-geot-ddeu-reun mu-seun yong-do-im-ni-gga?

這東西無法入境。

이것은 반입 금지입니다.
i-geo-seun ba-nip geum-ji-im-ni-da.

這個必須付關稅。

이것은 세금을 내야 합니다.
i-geo-seun se-geu-meul nae-ya ham-ni-da.

064.mp3

어떻게 환승해요?
eo-ddeo-ke hwan-seung-hae-yo?
要怎麼轉機呢？

'트랜스퍼' 사인을
따라가세요.
'teu-raen-seu-peo' sa-i-neul
dda-ra-ga-se-yo.
請跟著「轉機」的標示走。

환승
Transfer

실례힙니다, 환승하려고 하는데요.
sil-rye-ham-ni-da, hwan-seung-ha-ryeo-go ha-neun-de-yo.
不好意思，我想要轉機。

이 방향이 맞나요?
i bang-hyang-i man-na-yo?
是往這個方向嗎？

네. 이쪽 줄로 가세요.
ne. i-jjok jjul-ro ga-se-yo.
對，請排這條隊伍。

입국 심사

* 환승
hwan-seung
轉機

입국 심사

몇 번 탑승구...?
아! 36번.
myeot bbeon tap-sseung-gu...?
a! sam-sim-nyuk-bbeon.
是幾號登機門呢?
啊！36號。

오, 이런,
비행기가 연착됐네.
o, i-reon, bi-haeng-gi-ga
yeon-chak-ddwaen-ne.
喔，居然。班機延誤了。

* **출발** chul-bal 出發

진짜 피곤하다.
jin-jja pi-gon-ha-da.
真的好累。

저기요, 여기 자리 있나요?
jeo-gi-yo, yeo-gi ja-ri in-na-yo?
不好意思，請問這裡有人坐嗎？

아니요.
a-ni-yo.
沒有。

제주로 가는 제주 항공 승객들께
알려 드립니다.
je-ju-ro ga-neun je-ju hang-gong
seung-gaek-ddeul-gge al-ryeo deu-rim-ni-da.

36번 탑승구에서 탑승을 시작합니다.
sam-sim-nyuk-bbeon tap-sseung-gu-e-seo
tap-sseung-eul si-ja-kam-ni-da.
搭乘飛往濟州島的濟州航空旅客請注意。
36號登機門已經開始辦理登機。

+ 延伸表現 +

065.mp3

➜ 當班機延誤的時候…

班機延誤了。

비행기가 연착했어요.
bi-haeng-gi-ga yeon-cha-kae-sseo-yo.

我能夠搭乘轉機航班嗎?

연결 항공편을 탈 수 있을까요?
yeon-gyeol hang-gong-pyeo-neul tal ssu i-sseul-gga-yo?

要怎麼去11號登機門呢?

11번 탑승구는 어떻게 가요?
si-bil-beon tap-sseung-gu-neun eo-ddeo-ke ga-yo?

➜ 當你錯過下一個航班時…

我錯過飛機了。

비행기를 놓쳤어요.
bi-haeng-gi-reul not-cheo-sseo-yo.

下一個班機是什麼時候?

다음 항공편은 언제 있나요?
da-eum hang-gong-pyeo-neun eon-je in-na-yo?

066.mp3

탑승권 주세요.
tap-sseung-ggwon ju-se-yo.
請給我登機證。

이쪽으로 가세요.
i-jjo-geu-ro ga-se-yo.
請往這邊。

담요 하나 더 주세요.
dam-nyo ha-na deo ju-se-yo.
請再給我一件毛毯。

슬리퍼 seul-li-peo 拖鞋 /
귀마개 gwi-ma-gae 耳塞 /
안대 an-dae 眼罩 /
칫솔 chit-ssol 牙刷

컵라면 먹을 수 있어요?
keom-na-myeon meo-geul ssu i-sseo-yo?
可以吃杯麵嗎？

국내선은 안 됩니다. 죄송합니다.
gung-nae-seo-neun an doem-ni-da.
joe-song-ham-ni-da.
很抱歉，國內線不行。

비빔밥은요?
bi-bim-bba-beun-nyo?
那拌飯呢？

사전에 주문하셔야 해요.
sa-jeo-ne ju-mun-ha-syeo-ya hae-yo.
這需要事先預訂。

그럼, 오렌지 주스 주세요.
geu-reom, o-ren-ji ju-seu ju-se-yo.
那麼，請給我柳橙汁。

네.
ne.
好的。

* 화장실 hwa-jang-sil 廁所
  비어 있음 bi-eo i-sseum 無人
  사용 중 sa-yong jung 使用中

+ 延伸表現 +

067.mp3

➜ 安全搭乘飛機…

請把包包放到座位底下。

가방을 좌석 아래 두세요.
ga-bang-eul jwa-seok a-rae du-se-yo.

請把座位椅背豎直。

좌석 등받이를 세워 주세요.
jwa-seok deung-ba-ji-reul se-wo ju-se-yo.

請打開遮陽板。

창문 블라인드를 열어 주세요.
chang-mun beul-ra-in-deu-reul yeo-reo ju-se-yo.

安全帶警示燈亮起。

안전벨트 경고 등이 켜졌습니다.
an-jeon-bel-teu gyeong-go deung-i kyeo-jeot-sseum-ni-da.

➜ 當你不懂韓語時…

請問有會講英語的人嗎？

영어 하는 분 계세요?
yeong-eo ha-neun bun gye-se-yo?

068.mp3

안녕하세요!
뭘 도와드릴까요?
an-nyeong-ha-se-yo!
mwol do-wa-deu-ril-gga-yo?
您好。您需要什麼服務嗎？

시티 투어 있어요?
si-ti tu-eo i-sseo-yo?
有城市導覽嗎？

ⓘ 관광안내소

오늘이요?
o-neu-ri-yo?
今天嗎？

아니요, 내일이요.
a-ni-yo, nae-i-ri-yo.
不是，是明天。

* **관광안내소**
gwan-gwang-an-ne-so
旅遊諮詢中心

언제 시작해요?
eon-je si-ja-kae-yo?
什麼時候開始？

오전 8시, 오후 2시 있어요.
o-jeon yeo-deol si, o-hu du si i-sseo-yo.
早上八點跟下午兩點都有。

어느 게 더 좋으세요?
eo-neu ge deo jo-eu-se-yo?
哪個比較好？

오후 2시요.
o-hu du si-yo.
下午兩點。

오전 8시　오후 2시

여기서 예약하나요?
yeo-gi-seo ye-ya-ka-na-yo?
在這裡預約嗎？

네.
ne.
對。

만나는 곳은 어디예요?
man-na-neun go-seun eo-di-ye-yo?
在哪裡集合呢？

이 센터 앞이요.
i sen-teo a-pi-yo.
本中心門口。

관광안내소

좋네요!
jon-ne-yo!
太好了！

이 종이 꼭 가져오세요.
i jong-i ggok ga-jeo-o-se-yo.
請務必攜帶這張紙。

시티 투어 티켓

069.mp3

옷 갈아입고 매점 앞에서 만나요.
ot ga-ra-ip-ggo mae-jeom a-pe-seo man-na-yo.
我們換完衣服後在小賣部前面會合吧。

탈의실

남 여

뭘 드릴까요?
mwol deu-ril-gga-yo?
請問需要什麼？

식혜와 삶은 달걀
두 개 주세요.
si-kye-wa sal-meun dal-gyal
du gae ju-se-yo.
請給我兩杯甜米露和兩
顆水煮蛋。

Tip. 韓國的汗蒸幕文化

韓國有傳統的地熱系統，稱之為「溫突」，經常在冬季使用。汗蒸
幕是大眾的溫突桑拿，大家都很喜歡去放鬆。韓國人也很喜歡在那
吃東西；例如甜米露（韓國傳統用米製成的飲料）與水煮雞蛋。

달콤하고 시원해요!
dal-kom-ha-go si-won-hae-yo!
好甜好舒服。

환상적이죠!
hwan-sang-jeo-gi-jyo!
太棒了！

너무 뜨거워요!
neo-mu ddeu-geo-wo-yo!
好熱喔！

피로가 풀려요.
즐겨 봐요!
pi-ro-ga pul-ryeo-yo.
jeul-gyeo bwa-yo!
疲勞都消除了。
享受一下吧！

< 辦理入住 >

체크인하려고요.
che-keu-in-ha-ryeo-go-yo.
我要辦理入住。

신분증 주세요.
sin-bun-jjeung ju-se-yo.
請給我身分證。

하루 호텔

거의 다 됐습니다.
보증금을 위해 신용카드가 필요합니다.
geo-i da dwaet-sseum-ni-da. bo-jeung-geu-meul
wi-hae si-nyong-ka-deu-ga pi-ryo-ham-ni-da.
快完成了，因為保證金的緣故，我需要您的信用卡。

보증금이요?
bo-jeung-geu-mi-yo?
保證金？

그냥 대기만 하고,
지금 청구하지 않습니다.
geu-nyang dae-gi-man ha-go, ji-geum
cheong-gu-ha-ji an-sseum-ni-da.
只是先過卡，不會現在請款。

오전 7~10시

아침 식사는 오전
7시부터 10시까지입니다.
a-chim sik-ssa-neun o-jeon il-gop ssi-
bu-teo yeol ssi-gga-ji-im-ni-da.
早餐是早上7點開始到10點。

하루 호텔

| 5층 |
| 4층 |
| 3층 |
| 2층 |
| 1층 |

식당은 1층에 있습니다.
sik-ddang-eun il-cheung-e
it-sseum-ni-da.
餐廳位於一樓。

Tip. 保證金
辦理入住手續的時候會需要使用信用卡刷保證金。通常，飯店員工
只會刷卡，但不會實際收取任何費用，除非有損毀物品或非預期的
損失。

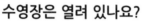

수영장은 열려 있나요?
su-yeong-jang-eun yeol-ryeo in-na-yo?
游泳池有開放嗎？

네.
ne.
有的。

몇 시까지 열어요?
myeot ssi-gga-ji yeo-reo-yo?
開放到幾點？

저녁 9시요.
jeo-nyeok a-hop ssi-yo.
到晚上9點。

Tip. 如果你不想要房間被打掃的話
如果你早上想要睡到很晚，請在門上掛
「방해하지 마세요.（請勿打擾）」。

< 辦理退房 >

체크아웃할게요.
che-keu-a-ut-hal-gge-yo.
我要辦理退房。

청구서입니다.
cheong-gu-seo-im-ni-da.
這是帳單。

이 요금은 뭐예요?
i yo-geu-meun mwo-ye-yo?
這是什麼費用？

룸서비스 비용입니다.
rum-seo-bi-seu bi-yong-im-ni-da.
這是客房服務的費用。

아, 알겠어요.
짐 좀 맡길 수 있어요?
a, al-ge-sseo-yo.
jim jom mat-ggil ssu i-sseo-yo?
啊，我知道了。可以寄放行李嗎？

그럼요. 언제 오세요?
geu-reom-nyo. eon-je o-se-yo?
當然可以。您什麼時候會來
領取行李？

3시쯤이요.
se si-jjeu-mi-yo.
三點左右。

하루 호텔

수하물표입니다.
su-hwa-mul-pyo-im-ni-da.
這是行李的號碼牌。

H34
996

H34
996

071.mp3

+ 延伸表現 +

➜ 在飯店大廳…

請問有空房嗎？

빈방 있나요?
bin-bang in-na-yo?

能夠先看房型嗎？

방 먼저 볼 수 있어요?
bang meon-jeo bol ssu i-sseo-yo?

能夠提早入住嗎？

조기 체크인 돼요?
jo-gi che-keu-in dwae-yo?

退房時間是幾點呢？

체크아웃 시간이 언제예요?
che-keu-a-ut si-ga-ni eon-je-ye-yo?

有包含早餐。

조식 포함입니다.
jo-sik po-ha-mim-ni-da.

➜ 在飯店的實用單字

_모닝콜 mo-ning-kol 晨喚服務
_무료 제공 mu-ryo je-gong 免費提供
_목욕 수건 mo-gyok su-geon 浴巾
_더블룸 deo-beul-rum 雙人房
_트윈룸 teu-win-rum 兩張單人床房

173

注意！去韓國要準備什麼！

‧護照

　　為了避免發生遺失護照的事，請準備一份護照影本，還有一些護照尺吋的彩色大頭照。根據母國規定，你可能可以在海外辦事處取得臨時護照。另外就是，如果你有計畫在韓國工作，那些照片在做某些申請程序時會很好用。不過在地鐵站裡也有快速照相的機台可以使用。

‧簽證

　　許多國家的公民可根據30天到180天旅遊免簽計畫，無須簽證即可訪韓。出發到韓國前，請先向母國韓國大使館或國家領事館確認。

- **電子票券**

  列印您的電子機票以追蹤您的旅行。

- **當地貨幣**

  請攜帶韓元及美元。

- **SIM卡**

  請事先預訂或在韓國境內購買。

- **預定憑證**

  請列印出飯店、旅行門票或表演的憑證。

- **200瓦電壓**

  韓國使用C及F插頭。電壓是220瓦60Hz。

- **用得到的App**

  下載地圖、計程車、翻譯與其他方便的App。

- **其他**

  旅遊保險、國際駕駛執照、國際學生證與折扣。

7

日常生活與緊急狀況

일상 & 응급 il-ssang & eung-geup

< 在便利商店 >

저기요.
맥주 어디 있어요?
jeo-gi-yo.
maek-jju eo-di i-sseo-yo?
您好，請問啤酒放在哪裡？

뒤쪽 냉장고에 있습니다.
dwi-jjok naeng-jang-go-e
it-sseum-ni-da.
在後面的冷藏櫃。

어느 쪽이요?
eo-neu jjo-gi-yo?
哪一邊？

맨 왼쪽이요.
maen oen-jjo-gi-yo.
最左邊。

오른쪽 o-reun-jjok
右邊

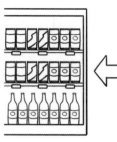

**천 원짜리로
거슬러 주실 수 있어요?**
cheon won-jja-ri-ro
geo-seul-reo ju-sil ssu i-sseo-yo?
找錢可以全給我一千韓元紙
鈔嗎？

앗! 부족할 거 같은데요.
at! bu-jo-kal ggeo ga-teun-de-yo.
啊！可能會不夠。

오천 원 /
o-cheon won
五千韓元
만 원
man won
一萬韓元

그럼 괜찮습니다.
geu-reom gwaen-chan-sseum-ni-da.
那沒關係。

< 在超市 >

과일이 별론데!
gwa-i-ri byeol-ron-de!
水果看起來不怎麼樣！

와! 빵이다!
wa! bbang-i-da!
哇！是麵包！

계란 gye-ran 雞蛋 /
치즈 chi-jeu 起司 /
우유 u-yu 牛奶

1+1이네.
won-peul-reo-seu-wo-ni-ne.
是買一送一耶。

Tip. 계란？달걀？
계란與달걀在韓文裡都稱為雞蛋。

회원카드 있으세요?
hoe-won-ka-deu i-sseu-se-yo?
請問有會員卡嗎？

없어요.
eop-sseo-yo.
沒有。

이거 중복 계산했어요.
i-geo jung-bok
gye-san-hae-sseo-yo.
這個重複結帳了。

오! 죄송합니다.
취소해 드릴게요.
o! joe-song-ham-ni-da.
chwi-so-hae deu-ril-gge-yo.
喔！抱歉。我幫您取消。

✛ 延伸表現 ✛

073.mp3

➜ 在超市…

我沒看到有效期限。

유효 기간을 못 찾겠어요.
yu-hyo gi-ga-neul mot chat-gge-sseo-yo.

這個可以試吃嗎？

이거 시식할 수 있어요?
i-geo si-si-kal ssu i-sseo-yo?

可以真空包裝嗎？

진공 포장 돼요?
jin-gong po-jang dwae-yo?

有小包裝的嗎？

더 작은 거 있어요?
deo ja-geun geo i-sseo-yo?

請幫我包好不要讓東西融化。

녹지 않게 포장해 주세요.
nok-jji an-ke po-jang-hae ju-se-yo.

➜ 在便利超商…

請再給我一雙筷子。

젓가락 하나 더 주세요.
jeot-gga-rak ha-na deo ju-se-yo.

_숟가락 sut-gga-rak 湯匙
_포크 po-keu 叉子
_빨대 bbal-ddae 吸管

有叉子嗎？

포크 있어요?
po-keu i-sseo-yo?

熱水在哪裡？

뜨거운 물 어디 있어요?
ddeu-geo-un mul eo-di i-sseo-yo?

（泡麵）湯要倒在哪裡？

(라면) 국물 어디에 버려요?
(ra-myeon) gung-mul eo-di-e beo-ryeo-yo?

→ 在結帳櫃檯…

你少找我一千韓元。

천 원 덜 거슬러 줬어요.
cheon won deol geo-seul-reo jwo-sseo-yo.

請再給我一個塑膠／紙袋。

비닐 / 종이 봉투 하나 더 주세요.
bi-nil / jong-i bong-tu ha-na deo ju-se-yo.

請另外裝。

따로 포장해 주세요.
dda-ro po-jang-hae ju-se-yo.

< 如何使用ATM >

1. 언어 선택 eo-neo seon-taek 選擇語言 **(영어** yeong-eo 英語**)**

→ **2. 카드 선택** ka-deu seon-taek 選擇卡片種類
(해외 발급 hae-oe bal-geup 海外銀行發卡**)**

→ **3. 거래 선택** geo-rae seon-taek 選擇交易項目
(출금 chul-geum 提款**)**

→ **4. 카드 삽입** ka-deu sa-bip 插入卡片

→ **5. 비밀번호 입력** bi-mil-beon-ho im-nyeok 輸入密碼
출금액 선택 chul-geu-maek seon-taek 選擇提款金額
원하는 출금액 입력 won-ha-neun chul-geu-maek im-nyeok
輸入提款金額

→ **6. 명세표를 원하십니까?** myeong-se-pyo-reul won-ha-sim-ni-gga?
是否需要明細表？

(예 ye **/ 아니요** a-ni-yo**)** 是／否

진행 중... jin-haeng jung 交易進行中…

죄송하지만, 거래가 거절되었습니다.
joe-song-ha-ji-man, geo-rae-ga geo-jeol-doe-eot-sseum-ni-da.

很抱歉，交易失敗。

잔액을 확인하세요. ja-nae-geul hwa-gin-ha-se-yo.
請確認餘額。

075.mp3

뭐가 잘못된 거야?
내 카드가 안 되는데.
mwo-ga jal-mot-ddoen geo-ya?
nae ka-deu-ga an doe-neun-de.
是有什麼問題嗎？
我卡片無法使用。

다른 데서 해 보자.
da-reun de-seo hae bo-ja.
用其他台ATM試試。

다행이다!
da-haeng-i-da!
太好了！

10,000원

076.mp3

뭘 도와드릴까요?
mwol do-wa-deu-ril-gga-yo?
請問有什麼需要幫忙的？

신고하러 왔어요.
sin-go-ha-reo wa-sseo-yo.
我想要報警。

경 찰

무슨 일이 있었는지 설명해 주시겠어요?
mu-seun i-ri i-sseon-neun-ji
seol-myeong-hae ju-si-ge-sseo-yo?
可以說明一下狀況嗎？

한국어를 못해요.
han-gu-geo-reul mo-tae-yo.
我不太會說韓語。

영어 하는 분 있어요?
yeong-eo ha-neun bun i-sseo-yo?
有能夠說英語的人嗎？

아니요.
a-ni-yo.
沒有。

대사관에 연락해 주세요.
dae-sa-gwa-ne yeol-ra-kae ju-se-yo.
請聯絡大使館。

Tip. 當您去派出所時…

如果在韓國很難準確說明狀況時，請要求對方聯絡口譯人員，或所屬國家的大使館。

187

+ 延伸表現 +

077.mp3

➜ 當你請其他人幫忙報警時⋯

請報警。

경찰에 신고해 주세요.
gyeong-cha-re sin-go-hae ju-se-yo.

➜ 當你需要口譯員或大使館的幫助時⋯

我護照遺失了。

여권을 잃어버렸어요.
yeo-ggwo-neul i-reo-beo-ryeo-sseo-yo.

請聯絡美國大使館。

미국 대사관에 연락해 주세요.
mi-guk dae-sa-gwa-ne yeol-ra-kae ju-se-yo.

_영국 yeong-guk 英國
_호주 ho-ju 澳洲

請聯絡英語口譯員。

영어 통역사 좀 불러 주세요.
yeong-eo tong-yeok-ssa jom bul-reo ju-se-yo.

→ 當你想要使用電話時…

我想要打電話。

전화하고 싶어요.
jeon-hwa-ha-go si-peo-yo.

→ 當你想要報警時…

我想要舉報一個暴力事件。

폭행 신고하러 왔어요.
po-kaeng sin-go-ha-reo wa-sseo-yo.

_강도 gang-do 強盜
_절도 jeol-ddo 竊盜
_날치기 nal-chi-gi 搶劫
_소매치기 so-mae-chi-gi 扒手
_교통사고 gyo-tong-sa-go 交通事故
_뺑소니 사고 bbaeng-so-ni sa-go 肇事逃逸

有人拿走我的包包。

누가 내 가방을 가져갔어요.
nu-ga nae ga-bang-eul ga-jeo-ga-sseo-yo.

43 #醫院 병원

지금 진료받을 수 있어요?
응급 상황이에요.
ji-geum jil-ryo-ba-deul ssu i-sseo-yo?
eung-geup sang-hwang-i-e-yo.
現在可以看診嗎？是緊急情況。

이 양식을 먼저 작성해 주세요.
i yang-si-geul meon-jeo jak-sseong-hae ju-se-yo.
請先填寫這張表格。

〈문진표〉
1. 나이
2. 혈액형
3. 병력
4. 여성인 경우
  임신 (예 / 아니요)

<診療背景 >

1. **나이** na-i 年紀

079.mp3

2. **혈액형** hyeo-rae-kyeong 血型

3. **병력** byeong-nyeok 病歷
   _**고혈압** go-hyeo-rap 高血壓
   _**당뇨** dang-nyo 糖尿病
   _**천식** cheon-sik 氣喘
   _**심장병** sim-jang-bbyeong 心臟病
   _**기타** gi-ta 其他

4. **여성인 경우만** yeo-seong-in gyeong-u-man 只限女性
   임신 중 im-sin jung **(예** ye **/ 아니요** a-ni-yo**)** 懷孕中（是／否）

5. **복용하는 약이 있습니까? (예** ye **/ 아니요** a-ni-yo**)**
   bo-gyong-ha-neun ya-gi it-sseum-ni-gga?

   是否有服用中的藥物？（是／否）

   '예'를 선택했으면, 여기에 상세한 내용을 적으세요.
   'ye'-reul seon-tae-kae-sseu-myeon, yeo-gi-e sang-se-han nae-yong-eul jeo-geu-se-yo.

   如果選擇是的話，請寫下詳細說明。

080.mp3

괜찮아요?
gwaen-cha-na-yo?
還好嗎?

아니요, 어지러워요.
a-ni-yo, eo-ji-reo-wo-yo.
不好，我頭好暈。

열 있어요?
yeol i-sseo-yo?
有發燒嗎?

네. 독감 걸린 거 같아요.
ne. dok-ggam geol-rin geo ga-ta-yo.
對，好像得流感了。

언제부터요?
eon-je-bu-teo-yo?
從什麼時候開始的？

어제요.
eo-je-yo.
昨天。

약국에 가요.
ya-ggu-ge ga-yo.
去藥局吧。

약 국

안녕하세요.
어디가 불편해요?
an-nyeong-ha-se-yo.
eo-di-ga bul-pyeon-hae-yo?
您好。哪裡不舒服呢？

두통이 약간 있어요.
du-tong-i yak-ggan i-sseo-yo.
有點頭痛。

열 yeol 發燒

193

이거 드세요, 하루에 세 번이요.
i-geo deu-se-yo, ha-ru-e se beo-ni-yo.
請吃這個，一天三次。

좀 쉬어요!
jom swi-eo-yo!
好好休息！

네, 고마워요.
ne, go-ma-wo-yo.
好，謝謝。

+ 延伸表現 +

➜ 醫院相關實用單字

_땀 ddam 流汗
_기침 gi-chim 咳嗽
_한기 han-gi 發寒
_구토 gu-to 嘔吐
_설사 seol-ssa 腹瀉
_발진 bal-jjin 起疹子
_피 pi 血液
_멍 meong 瘀青
_상처 sang-cheo, 흉터 hyung-teo 傷口、疤痕
_혈압 hyeo-rap 血壓
_마비 ma-bi 麻痺
_수술 su-sul 手術
_주사 ju-sa 打針

➜ 藥局相關實用單字

_진통제 jin-tong-je 止痛藥
_(가려움 방지) 연고 (ga-ryeo-um bang-ji) yeon-go 止癢藥膏
_해열제 hae-yeol-jje 退燒藥
_소화제 so-hwa-je 消化劑
_감기약 gam-gi-yak 感冒藥
_알레르기 약 al-re-reu-gi yak 過敏藥
_반창고 ban-chang-go OK繃
_멀미 약 meol-mi yak 暈車藥
_고산병 약 go-san-bbyeong yak 高山症用藥
_처방전 cheo-bang-jeon 處方箋

➜ 在醫院櫃台

沒有預約可以看病嗎？

예약 안 해도 돼요?
ye-yak an hae-do dwae-yo?

你有醫療保險嗎？

건강보험에 가입되었어요?
geon-gang-bo-heo-me ga-ip-ddoe-eo-sseo-yo?

➜ 解釋症狀

我很難用韓語描述我的症狀。

한국어로 증상을 말하기 어려워요.
han-gu-geo-ro jeung-sang-eul mal-ha-gi eo-ryeo-wo-yo.

我的肚子好痛。

배가 너무 아파요.
bae-ga neo-mu a-pa-yo.

_눈 nun 眼睛
_코 ko 鼻子
_귀 gwi 耳朵
_목 mok 喉嚨
_이 i 牙齒
_다리 da-ri 腿

輕微痠痛／非常痛

통증이 약해요 / 심해요.
tong-jjeung-i ya-kae-yo / sim-hae-yo.

→ 關於劑量與藥效

這個要怎麼吃？

이거 어떻게 복용해요?

i-geo eo-ddeo-ke bo-gyong-hae-yo?

（吃了這個的話）會想睡覺嗎？

(이거 먹으면) 졸리나요?

(i-geo meo-geu-myeon) jol-ri-na-yo?

有副作用嗎？

부작용 있나요?

bu-ja-gyong in-na-yo?

飯後服用。（請不要空腹吃。）

식후에 드세요. (빈속에 먹지 마세요.)

si-ku-e deu-se-yo. (bin-so-ge meok-jji ma-se-yo.)

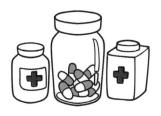

享受韓國的假期！

1. 新年 (설날)

　　新年（農曆新年）是韓國最重要的傳統節日。日期通常是落在農曆年第一天，還包含前後兩天。這段期間，韓國人會逐一返鄉慶祝這個節日，還會吃傳統食物「떡국（年糕湯）」象徵新的一年增長一歲。如果吃兩碗，有人會笑話説一次增長兩歲。此外，年輕人在這一天會向長輩拜年（稱세배），之後長輩會給晚輩紅包做為新年禮物。

2. 元宵節 (대보름)

　　元宵節（滿月）是慶祝農曆月份的第一個滿月。在這天，人們會吃特別的傳統食物，稱之為「오곡밥（五穀飯）」，並跟彼此開玩笑地説「내 더위 사세요.（買我的熱氣！）」以避免在夏季中暑。

3. 中秋節 (추석)

中秋節通常落在農曆八月十五日（國曆九月至十月初），而且與感恩節相近。在中秋節這天，家庭成員會聚集在一起用新收割的稻穀對祖先與大自然表達感謝之意。大家會在傍晚享受秋分滿月，並送出個人祈禱及希望。這一天的傳統食物是송편（松餅），是年糕的一種，用年糕與松針一起蒸。其中「솔」是松樹的意思。

4. 聖誕節 (크리스마스)

大部分的韓國人都會期待聖誕節，將近30%的韓國人口是天主教徒。他們會交換禮物與卡片，並購買特殊裝飾的蛋糕及聖誕樹。因為25號是國定假日，他們可能會休息一天。但不要期望會看到火雞晚餐或孩子們排隊看聖誕老公公的畫面。

8

基礎表現
기본 표현
gi-bon pyo-hyeon

083.mp3

안녕하세요! 잘 지내요?
an-nyeong-ha-se-yo! jal ji-nae-yo?
你好！過得好嗎？

잘 지내요, 당신은요?
jal ji-nae-yo, dang-si-neun-nyo?
還不錯，你呢？

저도 잘 지내요.
jeo-do jal ji-nae-yo.
我也是。

Tip. 吃飯了嗎？
在韓國，經常會詢問對方「吃飯了嗎？」。這不是詢問吃飽了嗎，而是打招呼。

084.mp3

마이클이라고 합니다.
이름이 뭐예요?
ma-i-keu-ri-ra-go ham-ni-da.
i-reu-mi mwo-ye-yo?
我叫麥可。你叫什麼名字呢？

헤더입니다.
he-deo-im-ni-da.
我是海瑟。

어디 출신이에요?
eo-di chul-ssi-ni-e-yo?
你來自哪裡呢？

미국이요.
mi-gu-gi-yo.
美國。

직업이 뭐예요?
ji-geo-bi mwo-ye-yo?
你是做什麼工作呢？

엔지니어예요. 당신은요?
en-ji-ni-eo-ye-yo. dang-si-neun-nyo?
我是工程師，你呢？

학생이에요.
hak-ssaeng-i-e-yo.
我是學生。

직장인 jik-jjang-in
上班族

정말 감사합니다!
jeong-mal gam-sa-ham-ni-da!
真的很謝謝您！

제가 기뻐요.
je-ga gi-bbeo-yo.
我好高興。

정말 친절하세요.
jeong-mal chin-jeol-ha-se-yo.
你人真好。

별말씀을요.
byeol-mal-sseu-meul-ryo.
不用客氣。

086.mp3

늘었네요. 죄송합니다.
neu-jeon-ne-yo. joe-song-ham-ni-da.
我遲到了。很抱歉。

괜찮습니다.
gwaen-chan-sseum-ni-da.
沒關係。

그건 정말 미안합니다.
geu-geon jeong-mal mi-an-ham-ni-da.
我真的很遺憾。

사과할게요.
sa-gwa-hal-gge-yo.
我道歉。

별거 아니에요.
byeol-geo a-ni-e-yo.
沒什麼的。

제 잘못이에요.
je jal-mo-si-e-yo.
是我的錯。

걱정하지 마세요.
geok-jjeong-ha-ji ma-se-yo.
別擔心。

087.mp3

저기요.
jeo-gi-yo.
不好意思。

잠시만요.
jam-si-man-nyo.
請等一下。

무슨 일이세요?
mu-seun i-ri-se-yo?
有什麼事嗎？

좀 도와주세요!
jom do-wa-ju-se-yo!
請幫幫我！

부탁 좀 해도 될까요?
bu-tak jom hae-do doel-gga-yo?
我可以麻煩你嗎？

물론이죠.
mul-ro-ni-jyo.
當然可以。

좀 비켜 주세요.
jom bi-kyeo ju-se-yo.
請讓一下。

네.
ne.
好的。

088.mp3

한국에 갈 거예요.
han-gu-ge gal ggeo-ye-yo.
我要去韓國。

뭐라고요?
mwo-ra-go-yo?
什麼？

한국에 간다고요.
han-gu-ge gan-da-go-yo.
我說我要去韓國。

아, 좋겠어요.
a, jo-ke-sseo-yo.
啊，不錯耶。

근데, 정말이에요?
geun-de, jeong-ma-ri-e-yo?
可是，是真的嗎？

네.
ne.
對。

농담이죠?
nong-da-mi-jyo?
開玩笑的吧？

아니요. 진짜예요.
a-ni-yo, jin-jja-ye-yo.
不是，是真的。

와! 즐거운 여행되세요!
wa! jeul-geo-un yeo-haeng-doe-se-yo!
哇！祝你旅途愉快！

네!
ne!
好！

대단해!
dae-dan-hae!
真了不起！

놀라워!
nol-ra-wo!
真令人吃驚！

완벽해!
wan-byeo-kae!
完美！

좋아!
jo-a!
很好！

Tip.
如果在句尾加上「요」會比較有禮貌。

[數字 숫자]

一	二	三	四	五
1 / 하나 il / ha-na	2 / 둘 i / dul	3 / 셋 sam / set	4 / 넷 sa / net	5 / 다섯 o / da-seot

六	七	八	九	十
6 / 여섯 yuk / yeo-seot	7 / 일곱 chil / il-gop	8 / 여덟 pal / yeo-deol	9 / 아홉 gu / a-hop	10 / 열 sip / yeol

十一	十二	十三
11 / 열하나 si-bil / yeol-ha-na	12 / 열둘 si-bi / yeol-ddul	13 / 열셋 sip-ssam / yeol-set

十四	十五	二十
14 / 열넷 sip-ssa / yeol-net	15 / 열다섯 si-bo / yeol-da-seot	20 / 스물 i-sip / seu-mul

三十	四十	五十
30 / 서른 sam-sip / seo-reun	40 / 마흔 sa-sip / ma-heun	50 / 쉰 o-sip / swin

六十	七十	八十
60 / 예순 yuk-ssip / ye-sun	70 / 일흔 chil-ssip / il-heun	80 / 여든 pal-ssip / yeo-deun

九十	一百	一千
90 / 아흔 gu-sip / a-heun	100 / 백 baek	1,000 / 천 cheon

[貨幣 화폐]

韓國貨幣單位: 원 won

091.mp3

- 紙鈔: **지폐** ji-pye/ji-pe

一千韓元	五千韓元
1,000원 / **천 원** cheon won	5,000원 / **오천 원** o-cheon won
一萬韓元	五萬韓元
10,000원 / **만 원** man won	50,000원 / **오만 원** o-man won

- 硬幣: **동전** dong-jeon

一韓元	五韓元
1원 / **일 원** il won	5원 / **오 원** o won
十韓元	五韓元
10원 / **십 원** sip won	50원 / **오십 원** o-sip won
一百韓元	五百韓元
100원 / **백 원** baek won	500원 / **오백 원** o-baek won

Tip. 由於通貨膨脹的緣故,「一韓元」及「五韓元」已經很少在日常生活中使用。近年來「十韓元」也很少使用。

- 支票: **수표** su-pyo

Tip. 在韓國,支付金額超過十萬韓元時,有可能會使用支票。

092.mp3

[日期 날짜]

星期日	星期一	星期二	星期三
일요일	월요일	화요일	수요일
i-ryo-il	wo-ryo-il	hwa-yo-il	su-yo-il

	星期四	星期五	星期六
	목요일	금요일	토요일
	mo-gyo-il	geu-myo-il	to-yo-il

Tip. 在韓國，一週始於星期一。

一月	二月	三月	四月
1월 / 일월	2월 / 이월	3월 / 삼월	4월 / 사월
i-rwol	i-wol	sa-mwol	sa-wol

五月	六月	七月	八月
5월 / 오월	6월 / 유월	7월 / 칠월	8월 / 팔월
o-wol	yu-wol	chi-rwol	pa-rwol

九月	十月	十一月	十二月
9월 / 구월	10월 / 시월	11월 / 십일월	12월 / 십이월
gu-wol	si-wol	si-bi-rwol	si-bi-wol

Tip. 「六月」與「十月」發「yu-wol」及「si-wol」，而不是「yu-gwol」及「si-bwol」。這些是不同於原本發音的特例。

[時間 시간]

幾點？

몇 시예요?

myeot ssi-ye-yo?

兩點。

두 시예요.
2시예요.

du si-ye-yo.

2:10

두 시 십 분이에요.
2시 10분이에요.

du si sip bbu-ni-e-yo.

兩點三十分／兩點半。

두 시 삼십 분이에요. / 두 시 반이에요.
2시 30분이에요. / 2시 반이에요.

du si sam-sip bbu-ni-e-yo. / du si ba-ni-e-yo.

兩點五十分／差十分鐘三點。

두 시 오십 분이에요. / 세 시 십 분 전이에요.
2시 50분이에요. / 3시 10분 전이에요.

du si o-sip bbu-ni-e-yo. / se si sip bbun jeo-ni-e-yo.

複習

01 # 在咖啡廳 카페에서 p.16

H: 카페라테 주세요.　　　　　　　請給我一杯拿鐵。

C: 어떤 사이즈요?　　　　　　　　要什麼大小呢?

H: 작은 거요.　　　　　　　　　　小杯。

C: 다른 건요?　　　　　　　　　　還有需要其他的嗎?

H: 됐어요.　　　　　　　　　　　沒有了。

C: 여기서 드실 거예요?　　　　　　請問是內用嗎?

H: 아니요, 가져갈 거예요.　　　　　不是,要外帶。

C: 진동 벨이 울리면 오세요.　　　取餐呼叫器震動的時候請來取餐。

H: 네.　　　　　　　　　　　　　好。

02 # 點早午餐　브런치 주문하기

p.20

H: **한 명이요.** 　　　　　　　　一位。

W: **이쪽으로 오세요.** 　　　　　這邊請。

W: **주문하시겠어요?** 　　　　　要點餐了嗎？

H: **아직이요.** 　　　　　　　　還沒。

H: **저기요!** 　　　　　　　　　這裡！

H: **이거요.** 　　　　　　　　　這個。

W: **음료는요?** 　　　　　　　　要點什麼飲料呢？

H: **됐어요.** 　　　　　　　　　不用了。

W: **음식 나왔습니다.** 　　　　　您點的餐點到了。

H: **감사합니다.** 　　　　　　　謝謝。

W: **다 괜찮으세요?** 　　　　　餐點都還可以嗎？

H: **네.** 　　　　　　　　　　　可以。

W: **다 드셨어요?** 　　　　　　用餐完畢了嗎？

H: **네.** 　　　　　　　　　　　對。

W: **더 필요하신 건요?** 　　　　有需要加點嗎？

H: **없어요. 계산서 주세요** 　　沒有，請給我帳單。

03 # 在小吃店 분식집에서

p.26

H: 메뉴가 정말 많은데!　好多餐點唷！

H: 치즈김밥 하나, 떡라면 하나요.　一個起司飯捲。一個年糕拉麵。

C: 선불입니다. 8천 원입니다.　請先結帳。總共8千韓元。

C: 거스름돈 2천 원이요.　找您2千韓元。

H: 감사합니다.　謝謝。

C: 맛있게 드세요.　請慢用。

04 # 在烤肉店 고깃집에서

p.28

M: 여기, 삼겹살 2인분 주세요.　您好，請給我兩人份的五花肉。

M: 반찬 더 주세요.　請再給我一點小菜。

H: 상추도요!　還有生菜！

M: 양념갈비 2인분 주세요.　請給我兩人份的醬汁排骨。

C: 네.　好的。

C: 불판 바꿔 드릴게요.　幫您更換新的烤盤。

M: 냉면 먹을래요?　要吃冷麵嗎？

H: 배 안 불러요?　你還沒飽嗎？

M: 고기 다음엔 냉면이래요.　都說吃完烤肉要吃冷麵。

H: 한번 먹어 볼까?　我們試看看吧。

05 # 在速食店 패스트푸드점에서 p.32

C: 뭐로 하시겠어요?   請問您需要什麼呢？

M: 치즈버거 주세요.   請給我起司漢堡。

C: 세트로 드려요?   要套餐嗎？

M: 아니요.   不用。

C: 마실 건요?   要喝什麼呢？

M: 콜라 주세요.   請給我可樂。

C: 사이드 메뉴는요?   附餐呢？

M: 애플파이 주세요.   請給我蘋果派。

C: 5분 걸려요.   請稍待五分鐘。

M: 네.   好的。

C: 가져가실 건가요?   要外帶嗎？

M: 여기서 먹을 거예요.   內用。

C: 총 5천 6백 원입니다.   總共是5千6百韓元。

M: 신용카드로 할게요.   用信用卡付款。

C: 음료는 직접 하세요.   飲料請自行取用。

06 # 點牛排 스테이크 주문하기

p.36

M: 뭐 먹을래요? 　　　　　　　　　　　你想吃什麼呢?

H: 스테이크와 레드 와인이요. 　　　　　牛排跟紅酒。

M: 저기요! 　　　　　　　　　　　　　這邊。

W: 주문하시겠어요? 　　　　　　　　　您要點餐了嗎?

M: 시저 샐러드 하나랑 스테이크 두 개요. 　一份凱薩沙拉與兩份牛排。

W: 어떤 드레싱 드려요? 　　　　　　　要什麼樣的醬呢?

M: 뭐 있어요? 　　　　　　　　　　　您有什麼醬呢?

W: 허니 머스터드, 이탈리안, 참깨 소스요. 有蜂蜜芥末、義大利醬、芝麻醬。

M: 이탈리안으로 할게요. 　　　　　　　請給我義大利醬。

W: 스테이크는 어떻게 해 드릴까요? 　　牛排要幾分熟呢?

M: 미디엄 레어요. 　　　　　　　　　　五分熟。

H: 저도요. 　　　　　　　　　　　　　我也是。

W: 더 필요하신 건요? 　　　　　　　　還需要什麼嗎?

M: 하우스 와인 두 잔이요. 　　　　　　招牌洋酒兩杯。

W: 레드? 화이트? 　　　　　　　　　　您要紅酒還是白酒?

M: 레드요. 　　　　　　　　　　　　　紅酒。

W: 와인 더 하시겠어요? 　　　　　　　還要再一杯紅酒嗎?

H: 됐어요. 　　　　　　　　　　　　　不用。

W: 디저트는요? 　　　　　　　　　　　那甜點呢?

H: 괜찮아요. 　　　　　　　　　　　　沒關係。

07 # 點啤酒與雞尾酒 맥주 & 칵테일 주문하기 p.42

M: 맥주 있어요? 　　　　　　　　有啤酒嗎？

B: 네. 　　　　　　　　　　　　有。

B: 생맥주요, 병맥주요? 　　　　要生啤酒還是瓶裝啤酒呢？

M: 생맥주 주세요. 　　　　　　請給我生啤酒。

H: 칵테일 뭐 있어요? 　　　　　有什麼樣的雞尾酒呢？

B: 여기 리스트 있어요. 　　　　這裡有清單。

H: 모히토 주세요. 　　　　　　請給我莫希托。

B: 네. 　　　　　　　　　　　　好的。

M & H: 　건배! 　　　　　　　　乾杯！

H: 내가 낼게요. 　　　　　　　我請客。

M: 아니에요. 　　　　　　　　　不用了。

M: 내가 쏠게요. 　　　　　　　我來請客。

H: 고마워요! 　　　　　　　　謝謝！

C: 하루반점입니다.　　　　　　　Haru中華料理店您好。

M: 짜장면 하나, 짬뽕 하나,　　　　我要一個炸醬麵、炒碼麵、

　　탕수육 작은 거 하나요.　　　　小的糖醋肉。

C: 2만 5천 원입니다.　　　　　　總共兩萬五千韓元。

　　어떻게 결제하실 거예요?　　　要怎麼結帳呢？

M: 현금이요.　　　　　　　　　現金結帳。

C: 주소는요?　　　　　　　　　請問地址是？

M: 화평로 15, 204호예요.　　　　和平路15,204號。

- 음식 배달 앱 설치 실행　　　　　安裝餐點外送App
- 위치 설정 (예. 마포구 합정동)　　設定位置（例如麻浦區合井洞）
- 음식 카테고리 / 음식 선택 /　　餐點類別／選擇餐點／選擇餐廳
  음식점 선택
- 메뉴 선택 / 추가 주문 (음료수 등)　選擇菜單／加點（飲料等）
- 가격 / 수량 - 주문하기　　　　價格／數量–訂餐
- 주소 / 휴대폰 번호 -　　　　　地址／手機號碼–要求事項備註
  요청 사항 메모
- 결제 방법 선택　　　　　　　選擇付款方式
  - 현장 결제 : 신용카드 / 현금　現場結帳：信用卡／現金
  - 앱 결제 : 신용카드 /　　　透過App付款：信用卡／現金／轉帳
    현금 / 계좌 이체
- 주문 완료　　　　　　　　　訂購完成

09 # 訂位 자리 예약하기 p.50

- 예약   預約
- 날짜 / 시간 / 인원수   日期／時間／人員
- 이름 / 전화번호 / 이메일   名字／電話號碼／電子郵件
  - 선택 사항   −選擇項目
- 예약 완료   預約完成
- 예약 확인   確認預約

W: 예약하셨어요?   請問有預約嗎？

H: 아니요.   沒有。

W: 지금 자리가 없어요.   目前沒有空位喔。

H: 대기자 명단에 올려 주세요.   請幫我加入預約名單。

W: 야외요 실내요?   戶外還是室內呢？

H: 야외요.   戶外。

H: 얼마나 기다려야 해요?   需要等多久呢？

W: 15분 정도요.   15分鐘左右。

10 # 買SIM卡 유심 사기

p.58

M: 유심 있어요?   有SIM卡嗎？

C: 네. 어떤 요금제요?   有，需要哪一種方案的呢？

M: 데이터 무제한 있어요?   有吃到飽的嗎？

C: 이거 어떠세요? 데이터, 통화,   這個怎麼樣？這是網路、電話、
　　문자 무제한이에요.   簡訊吃到飽。

M: 얼마예요?   多少錢呢？

C: 7만 7천 원이요.   7萬7千韓元。

M: 이걸로 할게요.   那我要這個。

C: 네. 신분증 주세요.   好的，請給我身分證。

11 # 使用Wi-Fi 와이파이 사용하기

p.60

H: 무료 와이파이 있어요?   有免費的Wi-Fi嗎？

C: 네.   有。

H: 어느 거예요?   是哪一個呢？

C: CAFE-FREE입니다.   是CAFE-FREE。

H: 비밀번호는요?   密碼是多少？

C: 영수증에 있어요.   寫在收據上面。

H: 된다!   好了。

H: 사진 업로드 해 볼까?   來上傳照片吧。

H: 오, 빠른데.   哇，速度真快。

H: 어? 갑자기 연결이 끊겼어.   喔？突然斷線了。

12 # 使用社群網站 SNS 하기 p.64

H: 페이스북 해요?   你有用Facebook嗎？

M: 네.   有。

M: 내 사진들을 올려요.   我會上傳自拍照。

H: 오, 좋네요.   哇，不錯耶。

H: 친구 추가해 줘요.   請加我好友。

M: 페이스북 이름이 뭐예요?   你的Facebook名稱是什麼？

H: 헤더 브라운이에요.   海瑟布朗。

M: 친구 찾기 해 볼게요.   我搜尋一下。

M: 이게 당신이에요?   這是你嗎？

H: 네, 저예요.   對，是我。

M: 친구 요청 보냈어요.   我加你好友了。

H: 알았어요.   知道了。

H: 추가할게요.   我加好友了。

M: 좋아요! 연락하고 지내요.   好！我們保持聯繫吧。

13 # 照相 사진 찍기 p.68

H: 저기요. 사진 좀 찍어 주실래요?   您好，請問可以幫我拍照嗎？

P: 물론이죠.   當然可以。

H: 배경 나오게요.   要照到背景。

P: 네.   好的。

H: 사진이 흐려요.   照片有點模糊。

H: 한 장 더 부탁해요.   麻煩再幫我照一張。

P: 네.   好。

H: 정말 감사합니다.   真的非常感謝。

14 # 打電話 전화 통화하기

p.72

M: 여보세요. 누구세요?   喂？請問哪位？

H: 헤더예요.   我是海瑟。

M: 오! 이거 당신 번호예요?   喔！這是你的電話號碼嗎？

H: 네, 번호 바꿨어요.   對，我換電話號碼了。

15 # 借充電器 충전기 빌리기

p.74

H: 내 배터리가 다 됐어요.   我的電要用完了。

H: 충전기 있어요?   你有充電器嗎？

M: 네.   有的。

H: 콘센트 어디 있어요?   哪裡有插座呢？

M: 저기요.   那裡。

M: 부재중 세 통이네. 지금 가야 해요.   有三通未接來電呢，我得走了。

H: 이거 어떻게 돌려주죠?   這個要怎麼還你？

M: 문자해요.   傳訊息給我吧。

16 # 問路 길 묻기

p.76

H: 길을 잃었어.　　　　　　　　　我迷路了。

H: 말씀 좀 물을게요.　　　　　　　請問一下，

　　수산 시장이 어디예요?　　　　水產市場在哪裡呢?

P: 저도 여기 처음이에요. 잠시만요.　我也第一次來這裡。請稍等一下。

P: 오, 여기 근처예요.　　　　　　喔，在這附近呢。

H: 잘됐군요!　　　　　　　　　　太好了!

P: 사거리까지 쭉 가세요.　　　　請往十字路口的方向走。

P: 그다음 좌회전하세요.　　　　　然後請左轉。

17 # 在服飾店 옷 가게에서

p.82

S: 안녕하세요! 뭘 도와드릴까요?　您好!有需要幫忙的地方嗎?

H: 그냥 구경 중이에요.　　　　　我只是看看。

H: 이거 검은색 있어요?　　　　　這個有黑色的嗎?

S: 네, 무슨 사이즈요?　　　　　　有，需要什麼尺寸的呢?

H: 90호요.　　　　　　　　　　　90號。

H: 입어 봐도 돼요?　　　　　　　可以試穿嗎?

S: 그럼요.　　　　　　　　　　　當然可以。

H: 탈의실이 어디예요?　　　　　　更衣室在哪裡呢?

S: 이쪽으로 오세요.　　　　　　　請往這邊。

18 # 在鞋店 신발 가게에서 p.84

S: 뭘 찾으세요? 　　　　　　　　　有在找什麼嗎？

M: 운동화요. 　　　　　　　　　　運動鞋。

S: 이거 어떠세요? 　　　　　　　這雙如何呢？

M: 오! 마음에 들어요. 　　　　　喔！我喜歡。

M: 260 신어 볼 수 있어요? 　　我可以試穿26號嗎？

S: 죄송하지만, 그 사이즈는 없어요. 　很抱歉，沒有這個尺碼。

S: 265 신어 보실래요? 　　　　要試穿26.5號嗎？

M: 맞아요. 　　　　　　　　　　剛好。

19 # 在化妝品店 화장품 가게에서 p.86

H: 스킨 찾고 있는데요. 　　　　我在找化妝水。

H: 뭐가 잘 나가요? 　　　　　　哪個最熱賣呢？

S: 이거요. 　　　　　　　　　　這個。

H: 지성 피부에 괜찮아요? 　　這個適合油性肌膚嗎？

S: 네, 모든 피부용이에요. 　　可以，這適合全部的膚質。

H: 써 봐도 돼요? 　　　　　　能夠試用嗎？

S: 네, 이 테스터 써 보세요. 　　可以，請用試用品。

S: 마음에 드세요? 　　　　　　喜歡嗎？

H: 약간 끈적이는데요. 　　　　有點黏膩。

20 # 結帳與退稅 계산 & 세금 환급 {p.90}

C: 총 4만 5천 원입니다.   總共是四萬五千韓元。

H: 할인 가격인가요?   這是折扣後的價格嗎？

C: 네.   是的。

H: 세금 환급하고 싶은데요.   我想要退稅。

C: 여권 주세요.   請給我護照。

C: 상품과 부가세 환급증 잘 챙기세요. 請保存好商品與退稅證明。

H: 카드로 할게요.   用信用卡付款。

C: 서명해 주세요.   請簽名。

C: 여기 영수증이요.   這是收據。

21 # 退款與換貨 환불 & 교환 {p.94}

M: 환불하고 싶어요.   我想要退貨。

C: 영수증 있으세요?   請問有收據嗎？

M: 네, 여기요.   有的，這裡。

C: 할인 상품이었군요.   原來是折扣商品。

C: 죄송하지만, 환불이 안 돼요.   很抱歉，這無法退貨。

M: 근데, 여기 흠이 있어요.   但這裡有瑕疵。

C: 음...   嗯…

M: 교환할 수 있어요?   能夠換貨嗎？

C: 네, 다른 상품으로 가져오세요. 可以，請去拿其他想換的品項。

M: 고마워요.   謝謝。

22 # 網路購物服務 온라인 쇼핑 서비스

안녕하세요.	您好。
제 이름은 헤더이고,	我的名字是海瑟，
주문 번호는 12345입니다.	我的訂單編號是12345。
파손된 상품을 받았습니다.	我收到有瑕疵的商品。
반품하고 환불 받으려고요.	我想要退貨退款。
사진을 첨부합니다.	請查收附件照片。
확인 후 다음 절차를	請確認之後告訴我下一步該怎麼進行。
알려 주시기 바랍니다.	
답장 기다리겠습니다.	等您回覆。
안녕히 계세요.	再見。
헤더 드림	海瑟敬上

23 # 搭乘公車與地鐵 버스 & 지하철 타기 p.104

H: 버스 정류장이 어디예요?	巴士總站在哪裡呢?
P: 여기서 두 블록 가세요.	從這裡開始走兩個街區就會到了。
H: 이 방향이요?	是這個方向嗎?
P: 네.	對。
H: 거기서 시내 가는 버스를 탈 수 있어요?	那裡可以搭往市區的巴士嗎?
P: 아니요. 갈아타야 해요.	沒辦法,必須轉車。
H: 가장 좋은 방법은 뭐예요?	去市區最好的方法是什麼呢?
P: 지하철이요.	地鐵。
H: 지하철역은 어떻게 가요?	要怎麼去地鐵站呢?
P: 가장 가까운 역은...	最近的站…
P: 바로 저 모퉁이예요.	就在那個轉角。
H: 명동 가는 표 한 장이요.	我要一張去明洞的車票。
H: 명동 가는 방향이 어느 쪽이죠?	去明洞的方向是哪一邊呢?
P2: 반대편이요.	在對面。

24 # 搭乘計程車 택시 타기 p.108

D: 어디로 모실까요?   您要去哪裡呢？

M: 시청까지 부탁합니다.   麻煩到市廳。

D: 안전벨트 매 주세요.   請繫上安全帶。

M: 길이 막히네!   塞車了！

M: 얼마나 걸려요?   會花多少時間呢？

D: 20분 정도요.   約20分鐘。

M: 여기 세워 주세요.   請在這裡停車。

M: 잔돈 가지세요.   不用找錢了。

25 # 搭火車 기차 타기 p.110

- 예약   預約
- 패스 종류 / 출발일   車票種類／出發日期
- 개인 정보   個人資訊
- 결제   結帳
- 내 예약   我的預約
  - 날짜 선택   –選擇日期
  - 좌석 예약 / 좌석 선택   –預約座位／選擇座位
- 예약 완료   預約完成

H: 좌석 예약했죠?   有預約座位了嗎？

M: 어? 코레일 패스로 그냥   嗯？不是直接使用Korail Pass搭乘嗎？
   타는 거 아니에요?

H: 아니요, 예약해야 해요.   不是的，必須要預約。如果沒有預約的
   안 했으면, 역에서 하면 돼요.   話，可以在車站請他們敲座位。

M: 부산행 좌석 예약하려고요.   我想預約往釜山的座位。

T: 코레일 패스와 여권 보여 주세요.   請提供Korail Pass跟護照。

M: 감사합니다.   謝謝。

26 # 租車 렌터카 이용하기 p.114

M: 인터넷으로 예약했어요.　　　　　　我在網路上預約了。

여기 예약 확인서요.　　　　　　　這是預約確認書。

S: 신분증과 운전면허증 주세요.　　　請給我身分證與駕照。

S: 내용 확인해 주세요.　　　　　　　請確認內容。

M: 자동 변속기, 휘발유, 내비게이션,　自排汽車、汽油、導航與綜合保險。

종합 보험.　　　　　　　　　　　那CDW（車輛碰撞免責險）呢？

자차 손해 면책 제도는요?

S: '고객 부담금 면제,　　　　　　　有「零自負額、五萬韓幣或三十萬韓

5만 원 또는 30만 원 부담'이　　　幣」。

있어요.

M: '면제'로 해 주세요.　　　　　　　我選擇零自負額。

S: 차는 주차장에 있습니다.　　　　　車子在停車場。請跟我來。

따라오세요.

S: 차를 확인하시고,　　　　　　　　請確認車子的狀態，並在這裡簽名。

여기에 서명해 주세요.

27 # 在加油站 주유소에서

H: 휘발유, 5만 원이요.   加五萬韓幣的汽油。

S: 결제해 드리겠습니다.   幫您結帳。

S: 창문을 닦아 드릴까요?   需要擦窗戶嗎？

H: 네, 부탁합니다.   好，麻煩您。

S: 주유 완료되었습니다.   油已經加好了。請小心開車。
　　안전 운전하세요.

시작 버튼 클릭   請按開始鍵

→ 유종 체크 (고급 휘발유 /   →確認汽油種類（高級汽油／無鉛
　　무연 휘발유 / 경유)   汽油／柴油）

→ 금액 또는 주유량 체크   →確認金額與公升數

→ 결제   →結帳

→ 주유기 삽입   →插入油槍

→ 주유 시작   →開始加油

→ 영수증   →收據

28 # 博物館與美術館 박물관 & 미술관 p.126

G: 가방 열어 주세요.   請打開包包。

H: 성인 한 장이요.   成人票一張。需要語音導覽。
오디오 가이드도요.

H: 얼마예요?   多少錢呢？

C: 오디오 가이드는 무료입니다.   語音導覽是免費的。

C: 오디오 가이드는   請去二樓領取語音導覽。
2층에서 가져가시면 됩니다.

H: 감사합니다.   謝謝。

S: 미국 사람인가요?   請問是美國人嗎？

H: 네.   對。

S: 영어로 드릴까요?   給您英語的導覽嗎？

H: 영어랑 한국어 주세요.   請給我英語跟韓語的。

S: 신분증 주세요.   請給我身分證。

29 # 表演藝術中心 공연장 p.130

M: 오늘 밤 이 공연 하나요? 　今晚會舉行這場演出嗎?

S: 네. 　對。

M: 지금 들어갈 수 있어요? 　現在可以進去嗎?

S: 아직이요. 10분 후에 오세요. 　還沒，請過十分鐘後再來。

S: 표 보여 주세요. 　請出示門票。

S: 위층으로 가세요. 　請上樓。

M: 물품보관소가 어디예요? 　請問寄物櫃台在哪?

S: 바로 저기요. 　在那裡。

M: 아, 감사합니다. 　啊，謝謝。

S2: 코트 하나요? 　一件外套嗎?

M: 네. 　對。

S2: 여기 번호표요. 　這是您的號碼牌。

M: 실례합니다. 여기 제 자리인데요. 　抱歉，這是我的位置。

A: 그래요? 좌석 번호가 뭐예요? 　是嗎?你的座位號碼是什麼呢?

M: H7이요. 　是H7。

A: 여기는 G7이에요. 　這裡是G7。

M: 아! 죄송합니다. 　啊!抱歉。

A: 괜찮습니다. 　沒關係。

30 # 競技場 경기장
p.134

M: 이 줄은 뭐예요?   這是在排什麼的隊伍？

P: 경기장 입장하는 거요.   是在排比賽入場。

M: 매표소는 어디예요?   售票處在哪裡？

P: 반대쪽이요.   在對面。

M: 줄 서신 거예요?   是在排對嗎？

P2: 네.   對。

M: 성인 한 장이요.   請給我一張成人票。

C: 어느 구역이요?   要哪個區域呢？

M: 아무데나요. 앞쪽 자리 있어요?   都可以。有前面的位置嗎？

C: 어느 쪽이요?   哪一側呢？

M: 1루 쪽이요. 응원석으로요.   一壘側，近應援席。

C: 남은 자리가 없어요.   沒有空位了，只剩下二層看台。
   위층 자리만 가능해요.

M: 얼마예요?   多少錢？

C: 2만 원입니다.   兩萬韓元。

M: 네. 그걸로 할게요.   好，那我買那邊。

31 # 遊樂場 놀이동산
p.138

M: 와, 사람이 너무 많아!   哇，人好多喔！

H: 퀵패스가 있으면 빨리   如果有快速通關券（Q-Pass）的話就
   탈 수 있어요.   能夠早點搭到。

H: 아, 한정판매라서 없대요.   啊，他們說是限量販售，賣完了。

M: 롤러코스터 타요.   我們去搭雲霄飛車吧。

S: 휴대품은 옆 바구니에 넣으세요.   請把隨身物品放到旁邊的籃子。

S: 조심하세요! 안전바 내립니다.   請注意安全！安全桿要下降了。

32 # 機場與行李 공항 & 수하물 p.144

C: 안녕하세요. 여권 주세요.   您好，請給我護照。

C: 부칠 짐은 몇 개예요?   要託運的行李有幾個呢？

H: 한 개요.   一個。

C: 가방 여기 올려 주세요.   請把行李放上來這裡。

C: 짐 안에 배터리 있어요?   行李箱裡有電池嗎？

H: 아니요.   沒有。

H: 통로석으로 주세요.   請給我靠走道的位置。

C: 네.   好的。

C: 72번 탑승구에서 탑승하세요.   請到72號登機門登機。

C: 탑승은 12시 20분에 시작합니다.   12點20分開始登機。

C: 늦어도 15분 전에는 탑승구에   最晚要15分鐘之前抵達登機門。
가셔야 합니다.

33 # 入境審查 입국 심사 p.148

S: 한국은 처음인가요?   第一次來韓國嗎？

H: 네.   對。

S: 이쪽입니다.   請往這邊。

I: 방문 목적은요?   來訪的目的是什麼呢？

H: 여행입니다.   旅行。

I: 얼마나 체류해요?   會待幾天呢？

H: 일주일이요.   一週。

I: 귀국 항공권을 보여 주세요.   請給我看回程的機票。

I: 한국에서 다른 도시도 가세요?   會拜訪韓國的其他城市嗎？

H: 네, 제주도와 여수요.   會，濟州島跟麗水市。

I: 일행은요?   會有旅伴一起同行嗎？

H: 혼자요.   會自己去。

I: 카메라 보세요.   請看照相機。

34 # 海關申報 세관 신고 p.152

C: 신고할 게 있습니까?   有要申報的東西嗎?

H: 아니요.   沒有。

C: 음식물 있어요?   有帶食物嗎?

H: 아니요.   沒有。

35 # 轉機 환승 p.154

H: 어떻게 환승해요?   要怎麼轉機呢?

S: '트랜스퍼' 사인을 따라가세요.   請跟著「轉機」的標示走。

H: 실례합니다, 환승하려고 하는데요.   不好意思，我想要轉機。
　　이 방향이 맞나요?   是往這個方向嗎?

S2: 네. 이쪽 줄로 가세요.   對，請排這條隊伍。

H: 몇 번 탑승구...? 아! 36번.   是幾號登機門呢?啊，36號。

H: 오, 이런, 비행기가 연착됐네.   喔，居然。班機延誤了。

H: 진짜 피곤하다.   真的好累。

H: 저기요, 여기 자리 있나요?   不好意思，請問這裡有人坐嗎?

P: 아니요.   沒有。

A: 제주로 가는 제주 항공 승객들께   搭乘飛往濟州島的濟州航空旅客請
　　알려 드립니다. 36번 탑승구에서   注意。36號登機門已經開始辦理登
　　탑승을 시작합니다.   機。

36 # 在飛機上 기내에서

C: 탑승권 주세요.　　　　　　　　請給我登機證。

C: 이쪽으로 가세요.　　　　　　　請往這邊。

H: 담요 하나 더 주세요.　　　　　請再給我一件毛毯。

H: 컵라면 먹을 수 있어요?　　　　可以吃杯麵嗎？

C: 국내선은 안 됩니다. 죄송합니다.　很抱歉，國內線不行。

H: 비빔밥은요?　　　　　　　　　那拌飯呢？

C: 사전에 주문하셔야 해요.　　　　這需要事先預訂。

H: 그럼, 오렌지 주스 주세요.　　　那麼，請給我柳橙汁。

C: 네.　　　　　　　　　　　　　好的。

H: 이거 치워 주시겠어요?　　　　可以幫我收一下嗎？

H; 먼저 가세요.　　　　　　　　你先請。

P: 고마워요.　　　　　　　　　　謝謝。

37 # 當地旅行 지역 관광

S: 안녕하세요! 뭘 도와드릴까요? 您好。您需要什麼服務嗎?

H: 시티 투어 있어요? 有城市導覽嗎?

S: 오늘이요? 今天嗎?

H: 아니요, 내일이요. 不是,是明天。

S: 종일 투어요? 全天導覽嗎?

H: 반일이요. 半天。

H: 몇 시간짜리예요? 導覽是多久呢?

S: 4시간이요. 四小時。

H: 언제 시작해요? 什麼時候開始?

S: 오전 8시, 오후 2시 있어요. 早上八點跟下午兩點都有。

S: 어느 게 더 좋으세요? 哪個比較好?

H: 오후 2시요. 下午兩點。

H: 여기서 예약하나요? 在這裡預約嗎?

S: 네. 對。

H: 만나는 곳은 어디예요? 在哪裡集合呢?

S: 이 센터 앞이요. 本中心門口。

H: 좋네요! 太好了!

S: 이 종이 꼭 가져오세요. 請務必攜帶這張紙。

38 # 在汗蒸幕 찜질방에서 p.166

H: 옷 갈아입고 매점 앞에서 만나요. — 我們換完衣服後在小賣部前面會合吧。

C: 뭘 드릴까요? — 請問需要什麼？

M: 식혜와 삶은 달걀 두 개 주세요. — 請給我兩杯甜米露和兩顆水煮蛋。

H: 달콤하고 시원해요! — 好甜好舒服。

M: 환상적이죠! — 太棒了！

H: 너무 뜨거워요! — 好熱喔！

M: 피로가 풀려요. 즐겨 봐요! — 疲勞都消除了。享受一下吧！

39 # 住宿 숙소

M: 체크인하려고요. | 我要辦理入住。

C: 신분증 주세요. | 請給我身分證。

C: 거의 다 됐습니다. 보증금을 위해 신용카드가 필요합니다. | 快完成了，因為保證金的緣故，我需要您的信用卡。

M: 보증금이요? | 保證金？

C: 그냥 대기만 하고, 지금 청구하지 않습니다. | 只是先過卡，不會現在請款。

C: 아침 식사는 오전 7시부터 10시까지입니다. | 早餐是早上7點開始到10點。

C: 식당은 1층에 있습니다. | 餐廳位於一樓。

M: 수영장은 열려 있나요? | 游泳池有開放嗎？

C: 네. | 有的。

M: 몇 시까지 열어요? | 開放到幾點？

C: 저녁 9시요. | 到晚上9點。

M: 체크아웃할게요. | 我要辦理退房。

C: 청구서입니다. | 這是帳單。

M: 이 요금은 뭐예요? | 這是什麼費用？

C: 룸서비스 비용입니다. | 這是客房服務的費用。

M: 아, 알겠어요. 짐 좀 맡길 수 있어요? | 啊，我知道了。可以寄放行李嗎？

C: 그럼요. 언제 오세요? | 當然可以。您什麼時候會來領取行李？

M: 3시쯤이요. | 三點左右。

C: 수하물표입니다. | 這是行李的號碼牌。

40 # 便利商店與超市 편의점 & 슈퍼마켓 p.178

M: 저기요. 맥주 어디 있어요?　　　您好，請問啤酒放在哪裡？

C: 뒤쪽 냉장고에 있습니다.　　　在後面的冷藏櫃。

M: 어느 쪽이요?　　　哪一邊？

C: 맨 왼쪽이요.　　　最左邊。

M: 천 원짜리로 거슬러 주실 수 있어요? 找錢可以全給我一千韓元紙鈔嗎？

C: 앗! 부족할 거 같은데요.　　　啊！可能會不夠。

M: 그럼 괜찮습니다.　　　那沒關係。

H: 과일이 별론데!　　　水果看起來不怎麼樣！

H: 와! 빵이다!　　　哇！是麵包！

H: 1+1이네.　　　是買一送一耶。

C: 회원카드 있으세요?　　　請問有會員卡嗎？

H: 없어요.　　　沒有。

H: 이거 중복 계산했어요.　　　這個重複結帳了。

C: 오! 죄송합니다. 취소해 드릴게요.　　喔！抱歉。我幫您取消。

1. 언어 선택 (영어)　　　　　　　1· 選擇語言（英語）
2. 카드 선택 (해외 발급)　　　　　2· 選擇卡片種類（海外銀行發卡）
3. 거래 선택 (출금)　　　　　　　3· 選擇交易項目（提款）
4. 카드 삽입　　　　　　　　　　4· 插入卡片
5. 비밀번호 입력　　　　　　　　5· 輸入密碼
　　출금액 선택　　　　　　　　　　選擇提款金額
　　원하는 출금액 입력　　　　　　　輸入提款金額
6. 명세표를 원하십니까? (예 / 아니요) 6· 是否需要明細表？（是／否）
　　진행 중...　　　　　　　　　　　交易進行中…
　　죄송하지만, 거래가 거절되었습니다.　很抱歉，交易失敗。
　　잔액을 확인하세요.　　　　　　　請確認餘額。

H: 뭐가 잘못된 거야?　　　　　　是有什麼問題嗎？我卡片無法使用。
　　내 카드가 안 되는데.
H: 다른 데서 해 보자.　　　　　　用其他台ATM試試。
H: 다행이다!　　　　　　　　　　太好了！

42 # 警察局 경찰서

p.186

P: 뭘 도와드릴까요?　　　　　　　請問有什麼需要幫忙的？

H: 신고하러 왔어요.　　　　　　　我想要報警。

P: 무슨 일이 있었는지　　　　　　可以説明一下狀況嗎？
　 설명해 주시겠어요?

H: 한국어를 못해요.　　　　　　　我不太會説韓語。

H: 영어 하는 분 있어요?　　　　　有能夠説英語的人嗎？

C: 아니요.　　　　　　　　　　　沒有。

H: 대사관에 연락해 주세요.　　　請聯絡大使館。

43 # 醫院 병원

p.190

M: 지금 진료받을 수 있어요?　　　現在可以看診嗎？是緊急情況。
　 응급 상황이에요.

N: 이 양식을 먼저 작성해 주세요.　請先填寫這張表格。

1. 나이　　　　　　　　　　　　1‧年紀
2. 혈액형　　　　　　　　　　　2‧血型
3. 병력　　　　　　　　　　　　3‧病歷
　 _고혈압　　　　　　　　　　 –高血壓
　 _당뇨　　　　　　　　　　　 –糖尿病
　 _천식　　　　　　　　　　　 –氣喘
　 _심장병　　　　　　　　　　 –心臟病
　 _기타　　　　　　　　　　　 –其他
4. 여성인 경우만　　　　　　　　4‧只限女性
　 임신 중 (예 / 아니요)　　　　 懷孕中（是／否）
5. 복용하는 약이 있습니까?　　　5‧是否有服用中的藥物？（是／否）
　 (예 / 아니요)　　　　　　　　 如果選擇是的話，請寫下詳細説明。
　 '예'를 선택했으면,
　 여기에 상세한 내용을 적으세요.

44 # 藥局 약국 p.192

M: 괜찮아요?   還好嗎？

H: 아니요, 어지러워요.   不好，我頭好暈。

M: 열 있어요?   有發燒嗎？

H: 네. 독감 걸린 거 같아요.   對，好像得流感了。

M: 언제부터요?   從什麼時候開始的？

H: 어제요.   昨天。

M: 약국에 가요.   去藥局吧。

P: 안녕하세요. 어디가 불편해요?   您好。哪裡不舒服呢？

H: 두통이 약간 있어요.   有點頭痛。

P: 이거 드세요, 하루에 세 번이요.   請吃這個，一天三次。

M: 좀 쉬어요!   好好休息！

H: 네, 고마워요.   好，謝謝。

45 # 打招呼 인사 p.202

H: 안녕하세요! 잘 지내요?   你好！過得好嗎？

M: 잘 지내요, 당신은요?   還不錯，你呢？

H: 저도 잘 지내요.   我也是。

H: 잘 가요!   慢走！

M: 안녕히 가세요!   再見！

H: 잘 지내요!   保重！

M: 연락해요.   再連絡！

46 # 介紹 소개
p.204

M: 마이클이라고 합니다.
이름이 뭐예요?

我叫麥可。你叫什麼名字呢？

H: 헤더입니다.

我是海瑟。

M: 어디 출신이에요?

你來自哪裡呢？

H: 미국이요.

美國。

H: 직업이 뭐예요?

你是做什麼工作呢？

M: 엔지니어예요. 당신은요?

我是工程師，你呢？

H: 학생이에요.

我是學生。

47 # 表達感謝 감사하기
p.206

H: 고마워요!

謝謝。

M: 천만에요.

不客氣。

H: 매우 감사해요!

非常感謝您！

M: 뭘요.

好說好說。

M: 정말 감사합니다!

真的很謝謝您！

H: 제가 기뻐요.

我好高興。

H: 정말 친절하세요.

你人真好。

M: 별말씀을요.

不用客氣。

48 # 道歉 사과 p.208

H: **늦었네요. 죄송합니다.** 我遲到了。很抱歉。

M: **괜찮습니다.** 沒關係。

H: **그건 정말 미안합니다.** 我真的很遺憾。

M: **사과할게요.** 我道歉。

H: **별거 아니에요.** 沒什麼的。

M: **제 잘못이에요.** 是我的錯。

H: **걱정하지 마세요.** 別擔心。

49 # 要求 요청 p.210

H: **저기요.** 不好意思。

M: **잠시만요.** 請等一下。

M: **무슨 일이세요?** 有什麼事嗎?

H: **좀 도와주세요!** 請幫幫我!

M: **부탁 좀 해도 될까요?** 我可以麻煩你嗎?

H: **물론이죠.** 當然可以。

M: **좀 비켜 주세요.** 請讓一下。

H: **네.** 好的。

50 # 確認資訊 정보 확인 p.212

M: 한국에 갈 거예요. 　　　　我要去韓國。

H: 뭐라고요? 　　　　什麼？

M: 한국에 간다고요. 　　　　我說我要去韓國。

H: 아, 좋겠어요. 　　　　啊，不錯耶。

H: 근데, 정말이에요? 　　　　可是，是真的嗎？

M: 네. 　　　　對。

H: 농담이죠? 　　　　開玩笑的吧？

M: 아니요. 진짜예요. 　　　　不是，是真的。

H: 와! 즐거운 여행되세요! 　　　　哇！祝你旅途愉快！

51 # 表達情緒 감정 p.214

M: 네! 　　　　好！

H: 대단해! 　　　　真了不起！

M: 놀라워! 　　　　真令人吃驚！

H: 완벽해! 　　　　完美！

M: 좋아! 　　　　很好！

M: 아니요! 　　　　沒有！

H: 세상에! 　　　　天啊！

M: 끔찍해! 　　　　好可怕！

H: 조용히 해! 　　　　小聲一點！

台灣廣廈 國際出版集團
Taiwan Mansion International Group

國家圖書館出版品預行編目（CIP）資料

每天3分鐘睡前學韓語 / The calling著. -- 初版. -- 新北市：
語研學院, 2024.04
　　面；　　公分
ISBN 978-626-97939-8-3（平裝）
1.CST: 韓語　2.CST: 讀本

803.28　　　　　　　　　　　　　112021977

每天3分鐘睡前學韓語

作　　者／The calling	編輯中心編輯長／伍峻宏・編輯／邱麗儒
翻　　譯／張芳綺	封面設計／何偉凱・內頁排版／菩薩蠻數位文化有限公司
	製版・印刷・裝訂／東豪・弼聖・秉成

行企研發中心總監／陳冠蒨　　　　線上學習中心總監／陳冠蒨
媒體公關組／陳柔彣　　　　　　　產品企製組／顏佑婷、江季珊、張哲剛
綜合業務組／何欣穎

發 行 人／江媛珍
法 律 顧 問／第一國際法律事務所 余淑杏律師・北辰著作權事務所 蕭雄淋律師
出　　版／語研學院
發　　行／台灣廣廈有聲圖書有限公司
　　　　　地址：新北市235中和區中山路二段359巷7號2樓
　　　　　電話：（886）2-2225-5777・傳真：（886）2-2225-8052
讀者服務信箱／cs@booknews.com.tw

代理印務・全球總經銷／知遠文化事業有限公司
　　　　　地址：新北市222深坑區北深路三段155巷25號5樓
　　　　　電話：（886）2-2664-8800・傳真：（886）2-2664-8801
郵 政 劃 撥／劃撥帳號：18836722
　　　　　劃撥戶名：知遠文化事業有限公司（※單次購書金額未達1000元，請另付70元郵資。）

■出版日期：2024年04月　　　ISBN：978-626-97939-8-3
　　　　　　　　　　　　　　版權所有，未經同意不得重製、轉載、翻印。